# 跡継ぎ不要と宣言する政界御曹司が、秘密のベビーの溺甘パパになりました

m a r m a l a d e b u n k o

水十 草

マーマレード文庫

# 目次

## 跡継ぎ不要と宣言する政界御曹司が、秘密のベビーの溺甘パパになりました

# 跡継ぎ不要と宣言する政界御曹司が、秘密のベビーの溺甘パパになりました

# プロローグ

鏡面仕上げのパネルを前にして、西脇里央は深呼吸をした。

聞いていた部屋番号を押すと、カメラが映した里央の顔が液晶ディスプレイに現れる。高級マンションだから、防犯も徹底しているのだろう。

こうして自分の顔を見てみると、社会人二年目だとは思えない。時折大学生に間違われるのも無理からぬことだ。

「はい」

システムを通した短い返事があり、里央は鞄の持ち手をギュッと握った。

「西脇里央と申します。家事代行サービスで参りました」

「どうぞ」

自動ドアが開き、里央はエントランスに足を踏み入れた。

広がっていたのは柔らかい照明に包まれた、見上げるほど高い天井のロビー。

重厚で落ち着きのある御影石のフロアには、さりげなく観葉植物が置かれ、ソファやテーブルにも高級感がある。

豪華で洗練された雰囲気に呑まれ、里央はキョロキョロと周りを見渡した。

これを日常と感じる人々にとっては、安らぎを覚える空間なのかもしれないが、むしろ緊張を強いられてしまう。

「こんにちは」

明るく上品な声が響き、里央はパッと顔を上げた。フロントの女性がこちらを見て微笑んでいる。

「ぁ、こんにちは」

つい返事をしたが、貧相な格好の里央を、住人だとは思っていないだろう。全ての来客に挨拶をするよう、教育されているのかもしれない。

まるでホテルだなと思いながら、エレベーターホールに向かう。

きっと家賃は法外な額に違いないが、里央の新しい雇用主、鮫島武昭(さめじまたけあき)なら難なく払ってしまえるのだろう。何しろ彼は国会議員なのだから。

しかも武昭はいわゆる世襲議員だ。

実家は明治から続く地方の有力企業『鮫島』で、これまでにグループから何人も政治家を輩出してきた。

まさに日本政界の超エリート一族のひとり、と言っていい。

ただし武昭は、元から政治家だったわけではない。国会議員だった父親の直伸が現職中に死亡し、弔い選挙によって初当選したのだ。

事情が事情だから、選挙でもクローズアップされていたのをよく覚えている。

里央も頻繁にニュースで武昭の姿を見た。まっすぐに伸びた背筋、聴衆ひとりひとりに配られる視線、父親の遺志を受け継ぐという強い思い――。

広く有権者の心を捉えた武昭は、初出馬ながらトップ当選を飾った。

現在は三十七歳という若さで青年局長に抜擢され、若手議員のホープとして、メディアからの注目度も高い。

だからこそ、敢えて議員宿舎には住んでいないのだろう。

あそこは破格の低賃料と充実した設備で、よくマスコミの槍玉に挙げられている。既得権益と言われることも多いから、反感を買わないよう努めているに違いない。

ポーンとエレベーター到着のチャイムが鳴った。

里央は籠に乗り込み、目的の階を押す。静かに動き出す安定感も、普通のマンションとは全然違った。

平日は中小企業の経理部で働き、土日は副業で家事代行スタッフをする――。

そんな生活を送る里央にとって、ここはあまりに別世界すぎて、嫉妬や憧れすら抱かないほどだ。

「私、高校を卒業したら働くね」

高校に入学してすぐ、里央は母親の祐子にそう言った。しかし彼女は首を横に振ったのだ。

「大学には行きなさい。里央の人生をきっと豊かにしてくれるから」

里央の父親は、幼い頃に事故で亡くなっている。

女手ひとつで育ててくれた祐子に、里央が気兼ねしていることを察したのだろう。自分が教師をしているから、学問を身につけて欲しいという思いもあったかもしれない。

祐子の気持ちは嬉しかったし、進学の選択にも後悔はない。

ただ大学を卒業して以来、まともに休みのない毎日は正直辛かった。

せめて副業は辞めようかと何度も思ったけれど、まだ若くて無理が利くうちに、少しでも多く奨学金を返済したかったのだ。

気づいたらエレベーターの扉が開いていた。

到着の音も聞こえないほど、ボーッとしていたらしい。里央は軽く首を振り、気合いを入れてフロアに一歩踏み出す。

廊下に並ぶ扉の間隔は、やけに広かった。居住空間の大きさを感じながら、部屋番号を確認していく。

ここだ。インターホンを押すと、武昭が顔を覗かせた。

テレビやネットニュースで見知ってはいたけれど、実際に武昭本人を目の前にすると、その美しさに息を呑む。

これが心を奪われる、ということなのだろう。麗しい容姿を前にして、まばたきをするのも忘れ、ただ立ち尽くすことしかできなかった。

日本男児らしい艶やかな黒髪が短く切りそろえられ、眉は形良く整えられている。しっとりと輝く瞳には知性と力強さが備わり、高い鼻梁と絶妙なカーブを描く口元が、彼の男振りを際立たせていた。

シャープな輪郭と滑らかな肌からは若々しさを感じ、とても四十路間近とは思えない。よくよく見れば目尻にはうっすらと皺があるが、かえってオトナの色気を漂わせ、なんとも言えない魅力を醸し出している。

「初めまして、鮫島武昭です。今日からよろしくお願いします」

深みのある低い声だった。

一度聞けば忘れられないほど印象的で、聞く者を一瞬で魅了してしまう。

丁寧な発音からは武昭の誠実さが感じられ、落ち着きのある響きが、あまりにも政治家に相応しい。これから年を重ねていけば、この声色に円熟味が増し、さらに人々を虜にするだろう。

武昭の存在自体が、民衆を安心させる。

この凄みというか責任感のようなものは、政治家を家業としている人だけが持つ、オーラのようなものかもしれない。

正直言うと、世襲議員のイメージはよくなかった。

政治家という職業は家業だから継ぐ、というようなものではないと思っていたからだ。国民の代表者が、能力や適性と関係なく選ばれることに反感もあった。

しかし武昭を前にすると、その気持ちが揺らぐ。

武昭は先の選挙で、数十万票を獲得した。それは「彼に任せたい」という、有権者からの絶大な信頼に他ならない。

佇まいからして、武昭は一般人とは違う。この人ならと、期待させるような力を纏っているのだ。

「どうか、されましたか？」

「い、いいえ」

里央は武昭の迫力に押されながら、深々と頭を下げた。

「西脇里央と申します。よろしくお願いいたします」

武昭に案内されて、部屋の中に入った。予想通り広い廊下の奥には、全面ガラス張りで見晴らしの良いリビングルームがある。

「私は週末、地元に戻っていることも多いので、合鍵を渡しておきます」

何をしにと思ったが、多分地域行事に参加したり、後援会の人達に会ったりしているのだろう。きっと次の選挙に向けての活動に違いない。

「ありがとうございます。これは、非接触キーですか？」

「そうです。受信機に近づければ解錠できます」

エントランスでも感じたことだが、かなりセキュリティがしっかりしている。鍵も簡単には複製できない物になっているようだ。

「とりあえず掃除を頼みます。必要な道具は全て揃っていますので、適宜使って下さい。洗濯は共用のコインランドリーがあるので、そちらを利用してもらえれば。食事を作っていただくことはないと思いますが、必要なときはこちらからお願いします」

里央が口を挟む間もなく、武昭は立て板に水を流すように話した。

呆気（あっけ）にとられつつ周囲を見渡すと、豪華だが味気ない部屋だった。

ストイックというか、娯楽が何もない。

酒もタバコも嗜まないという話だったから、予想はしていたけれど、あるのはとにかく本ばかりだった。

この部屋に、家政婦なんて本当に必要なのだろうか？

疑問に思いながら、里央は鞄を置いてエプロンを着ける。

「それでは始めさせていただきます。お部屋は全て掃除させていただいてよろしいですか？」

「私の居る書斎には入らないで下さい。それ以外の場所をお願いします」

それだけ言い残し、武昭はすぐに踵を返した。

政治家というと愛想が良くて、高級料亭で芸者遊びもして、なんてイメージだったけれど、武昭の様子からは全く想像できない。

まぁでもそんな人だったなら、きっと里央に依頼は来なかっただろう。

里央はただの家政婦として、雇われるのではない。

武昭の母親である美都子から、ある密命を受けているのだから——。

## 第一章　自分の声が政治に届くとは信じられないんです

「私の息子専属の、家政婦になっていただきたいの」

鮫島美都子の言葉を聞き、里央はギュッとつぶっていた目をゆっくり開いた。

お屋敷の奥様から直々の呼び出し。知らないうちに粗相でもしたのか、能力不足だったのか、思い当たることはないにしろ、何か良くないことに違いない。

最悪解雇なんてことも……と、ビクビクしていた里央は拍子抜けしてしまう。

「私、が？」

美都子はいつものようにしゃんとした、麗しい着物姿でこちらを鋭く見つめている。

「代行業者を通さず、鮫島家で直接雇用します。時給も弾みますし、手数料も取られませんから、あなたにとって良い話だと思いますよ」

低く澄んだ重みのある語り口。美都子からは威厳が漂っており、いつ対峙しても里央は萎縮してしまう。

「あの、どうして急に」

「あなたを気に入ったから、では理由になりませんか？」

まさか、そんなに評価されているとは思わなかった。

こちらはクビ宣告ではないかと、怯えていたくらいなのだ。

もちろん精一杯仕事はさせてもらっていたけれど、何しろこれだけ大きなお屋敷だ。行き届いていない部分があるのではと、いつも不安を感じていた。

「光栄、ですけど」

里央が手放しで喜べないのは、買いかぶられている気がするからだった。勤務先が変わって、あまり遠方になるのも困る。

「あなたのご自宅からは近くなりますし、断る理由はないはずですよ」

里央の懸念を察してか、美都子はじっとこちらを見据えて言った。

住所を聞くと、里央の住むアパートと同じ沿線。乗り換え無しで通えるから、確かに今より通勤は楽になるだろう。

でも見知らぬ男性と、ひとつ屋根の下でふたりきり――。

何もないとは思うが、少し怖かった。里央は男性とお付き合いするどころか、プライベートで遊びに行ったことすらないのだ。

「心配しなくても、あなたが想像するようなことは何も起こりませんよ」

見透かすような瞳だった。美都子の息子にあらぬ疑いを掛けたことを、彼女はちゃんとわかっているのだ。

　里央は居心地の悪さを感じ、美都子の視線を正面から受け止められない。

「むしろそういうことが起こらないから、困っているんです」

　いつも冷静さを失わず、表情ひとつ変えない美都子が、珍しく眉根を寄せた。里央は驚き、とっさに尋ねる。

「どういう、意味ですか？」

「息子は今年で三十七になりますが、女性を一切寄せ付けないのですよ。鮫島家に跡継ぎが必要なことくらいわかっているでしょうに、結婚する気も全くなくて」

　まるで普通の母親のような悩みで、里央は目を瞬かせる。

　このお屋敷を完全に支配する美都子にも、そんな一面があったのかと少し親しみを感じた。

「最近は結婚しない方も増えてますし、ある程度は仕方ないのでは」

「そういうわけにはいきませんよ。私の息子は、国会議員の鮫島武昭なのですから」

　ぴしゃりと言われて、里央は文字通り飛び上がった。

　政治家に詳しくない里央でも、武昭のことは知っている。端整なマスクで人気があり、恋人にしたい有名人ランキングに名前が出ていたほどだ。

しかしこちらに派遣されることになったとき、そんな説明はなかった。知っていたら物怖じしてお断りしていただろう。

里央でなくても、事前に聞かされていれば先入観を持ってしまう。美都子はそれを懸念して、代行業者に口止めをしていたに違いない。

「そう、だったんですか」

ならば、美都子が跡継ぎという言葉を口にするのも無理はなかった。

武昭も父親の遺志を継いで議員になったのだし、美都子にとって孫にあたる子どもにも、議員になって欲しいという強い願いがあるのだろう。

「まぁ武昭は、私の本当の息子ではないのですけれど」

頬に手を添えた美都子が、さらりと爆弾発言をした。

あまりの衝撃に里央の心が凍り付く。雷に打たれたかのように身体が強ばり、全身に鳥肌が立った。

今、美都子はなんと？

里央は声を震わせながら、混乱混じりで尋ねる。

「ちょ、待って下さい。そんな大事な話、私なんかにして良いんですか？」

「構いません。あなたの口の堅さは、よく存じてますから」

一瞬意味がわからなかった。

美都子の自信は一体どこから来るのだろう。固まってしまった里央を見て、彼女が楽しそうに口を開く。

「あの噂は、嘘だったんですよ」

噂、と言われて、思い当たるのはひとつしかない。

台所で料理人とお手伝いさんが、「美都子には愛人がいる」と話していたのだ。

「あなたは聞かなかったことにして、代わりにハーブティーを用意してくれたわね。私が悪い噂に落ち込んでいるのではと、気遣ってくれたのでしょう?」

里央が答えられないでいると、美都子はさらに続ける。

「物書き机の手紙についても、知っていますよ」

そうか、あの手紙も……。慌てていて置き忘れたような、宛名のない封筒。もちろん中身は見ていないけれど、不穏なものを感じて引き出しに入れておいたのだ。

「ご覧に、なっていたんですか?」

「えぇ、こっそり物陰から」

美都子は目を細め、賞賛と信頼に満ちた様子で微笑む。

「私もこれまでいろいろな女性に、仕事をさせてみたのですけどね。口の堅さを含め、人柄や働きぶりから、あなたが一番相応しいと思ったのですよ」

過大評価だとは思ったが、認められて嬉しい気持ちもあった。里央は少し照れながら、「ありがとう、ございます」と礼を言う。

「ただし、他言は無用です」

一転して厳しい瞳で圧をかけられ、里央の喜びはすぐに霧散した。

「時間がないのよ」

心の声が自然と漏れ出たかのようなつぶやきだった。わずかに唇を歪め、苛立たしげに指先を組み直す。

らしくない様子から、美都子の焦燥が伝わってくる。

かなり切羽詰まっているのだろう。里央のような他人に、ここまで重大な秘密を打ち明けたのだからよっぽどだ。

美都子の覚悟を感じ、同情に似た思いを抱いた里央だが、ふと大事なことに気づく。

もしかして、もう断れない――?

一方的に告白されただけだとしても、知ってしまった以上ふたりは一蓮托生だ。美都子に協力するほかない。

どうしよう、そんなことって。

里央は自分が恐ろしいことに巻き込まれつつあるのを感じ、責務に押しつぶされそうになるが、美都子はどんどん話を進めてしまう。

「武昭の本当の母親は、華絵という私の従兄の娘なんですよ。表向きは私が都会の病院で出産したことになっていますけどね」

そんなことが可能なのだろうか。戸籍はどうなっているのだろう。

里央の疑問に答えるように、美都子は淡々と続ける。

「戸籍上は、間違いなく私の息子ですよ。生まれた武昭を、すぐに特別養子縁組しましたからね」

「息子さんは、そのことをご存知なんですか？」

「ええ。夫が病床で、打ち明けましたから」

武昭はその事実をどんな思いで聞いたのだろう。

信じていたことが前触れもなく突然砕け散る衝撃。世界が一変しただろう混乱と痛みを想像すると、里央までが息苦しく胸を締め付けられるようだ。

「ショック、だったでしょうね……」

「それよりも憤りの方が大きかったようですよ。華絵を跡継ぎを産む道具にしたと言って」

産む道具とは、なかなかに強烈な表現だ。武昭の立腹がよくわかる。

「息子さんと華絵さんは、面識があったんですか？」

「華絵は武昭の乳母でした。元々身体が弱かったこともあり、武昭が五歳のときに亡くなったのです」

実母が亡くなっていることも、武昭の怒りを増幅させたのだろう。もしかしたら、彼女との間には、大切な思い出でもあるのかもしれない。

「だから、女性との間に距離を？」

「だと思いますよ。亡き夫との約束で政治家になりはしましたけど、結婚も家の存続も拒否しているのです」

美都子が嘆息し、武昭に相当手を焼いているのがわかる。何しろどこの馬の骨ともわからない里央に、望みを掛けようとしているくらいなのだ。

「あの、でも私には無理だと思います」

「なぜ？」

「つまり、その、私には男性と交際した経験もありませんし」

自身のプライベートを語るのは抵抗があるが、きちんと伝えておかないとフェアじゃない。時給を弾むと言われたら尚更だ。

「それの、何が問題なのです？」

「え、だって、男性に慣れた方のほうが適任だと」

思いも寄らない質問に、里央はしどろもどろになる。美都子は呆れた様子で、諭すように言った。

「私がこれまでそういう方に、お願いしなかったと思いますか？」

里央は返事ができなかった。

わざわざ里央を選んだのは、美都子にとって最終手段とも言える決断だったのだ。だとしても。

「私には、難しすぎます……」

「誰にとっても、難しいことですよ。私も重々承知しています」

美都子はそこで言葉を切り、口角を上げて続けた。

「ですから簡単なことで構いません。プライベートで食事をしたり、一緒に出掛けたりする間柄になってもらえればいいのです」

想像よりずっと、ハードルの低い願いだった。

里央の感覚で言えば、それは友人というものだ。武昭にはそういう女友達すらいないのだろう。

「本当に、それだけでいいんですか？」

里央の態度が軟化したのを見て取ったのか、美都子は万年筆を取り上げ、メモ用紙に次々と数字を書き付けながら畳みかけた。

「ちなみに時給はこのくらいを予定しています。武昭と関係を深めてくれる分には、こちらは願ったり叶ったりですから、場合によってはこのくらいのまとまった金額もお渡しするつもりです」

場合によっては、の意味深なアクセント——。

ようは跡継ぎを作ってくれても構わない、ということだ。でなければ里央の年収に、ゼロがひとつ多いような金額を提示してくるわけがない。

とは言え、まさか本気ではないだろう。

里央が武昭とそんな関係になれるとは思えないし、お互い気持ちもないのに跡継ぎを作れだなんて、常識のある美都子が望むとも思えない。

きっと大きな金額を提示して、どうにか里央を説き伏せようとしているのだ。

武昭に相応しい相手は他にいるのだろうし、あくまで里央は彼の女性に対する意識を改めてもらうだけ。異性の友人として、懇意になれればいい。

わかってはいても、その報酬額は怖かった。

提示された金額と仕事内容が釣り合っていないし、何か想像もしない代償を支払うことになるのではと心配になる。

しかし祈りを込めた美都子の瞳を見れば、断ることも難しかった。彼女は重大な秘密を打ち明け、里央ならと信頼を寄せてくれている。

相場の三倍以上の時給も、美都子なりの誠意に違いない。

受けるべき、だろう。美都子の言う通り、良い話ではあるのだ。

たとえ数ヶ月でお役御免になろうとも、奨学金の返済はかなり楽になる。この休日を取るのもままならない多忙な日々から、やっと解放されるのだ。

「わかりました。やらせていただきます」

美都子は里央の手を掴むと、母親らしい安堵の表情を見せて言った。

「よろしくお願いするわね」

*

鮫島家の屋敷から帰宅した里央は、とりあえず浴槽に湯を溜めた。

疲れたときは風呂に入るのが一番。今日は想定外の出来事もあって、身体も心も疲弊している。お湯と一緒に全部流してしまいたい。

「はあぁ……」

湯の中に身体を沈めると、その熱が染み渡っていく。目を閉じると一日の疲れから解放され、緊張が解きほぐされるように感じる。

軽率、だっただろうか——？

今になって安請け合いしたのではと、後悔の念が湧いてくる。しかし美都子に数字を突きつけられると、落ち着いた判断ができなかったのだ。

それも美都子の策略なのであれば、大した女性だと思う。さすが鮫島家の女主人、一筋縄ではいかない。

ああいう人が母親だと、武昭が反発したくなるのもわかる。産みの母親がそんな形で亡くなっているなら、余計に跡継ぎなんてと思うのだろう。

名家だと家庭事情も複雑になるものだ。一般市民の里央は大変だなと思うだけだが、武昭の元で働くとなれば他人事でもいられない。

これまでもいろんなお宅で家事仕事をしてきたけれど、雇用主が神経質だったり、偏屈だったりすると、やっぱりストレスが溜まるし疲れてしまう。

美都子の言動から武昭の性格を想像すると、まさにそういうタイプだ。彼女の裏の意向はともかく、表向きは家政婦なのだから、与えられた仕事はしっかりこなさなければいけないのに。

モヤモヤした気持ちを抱えていると、洗面所に置いたスマートフォンが鳴った。あの着信音は、母親の祐子だ。

しばらくして鳴り止み、里央は慌てて湯船から出た。

手早く髪と身体を洗い、早々に入浴を終える。髪の毛を乾かしてから、パジャマに着替え、軽く水分を取ってから、祐子に電話を掛け直す。

「もしもし、お母さん？　ごめんね、すぐに電話取れなくて。お風呂に入ってたの」

「だったら急がなくて良かったのに。こっちは大した用事じゃないのよ」

きっと里央を心配して、電話を掛けてきてくれたのだろう。祐子は日頃から、娘の多忙ぶりを気にしているのだ。

「体調は？　今日も家政婦の仕事に行ってたんでしょう？　休日も無しに働いて、身体を壊さないか心配だわ」

「大丈夫よ、お母さん。私はまだ若いんだから」

里央は明るく言ったが、祐子が険しい声を出す。

「そういう過信が良くないの。お父さんの事故だって、それが引き金になったようなものなんだから」

夫の過労に気づけなかったことを、祐子はひどく後悔している。里央はそんな母親の思いを知っているから、すぐに謝罪した。

「ごめんなさい。でも今は頑張らなきゃいけない時期だと思うから。それに今働いているお屋敷の奥さんが、もっと時給のいい仕事先を紹介してくれたの」

「時給がいいってことは、大変ってことなんじゃないの？」

目先にとらわれず、慎重な祐子らしい質問だ。確かにある意味大変ではあるが、彼女の考える大変さは恐らくない。

「仕事自体は楽だと思うよ。場所も家から近いし、マンションでひとり暮らしの男性だから、部屋が汚れることもないだろうし」

「なのに時給がいいの？　怪しい仕事じゃないでしょうね」

祐子の突っ込みに、里央は答えに詰まった。たとえ母親が相手でも、鮫島家のプライベートな事情を打ち明けるわけにはいかない。

おまけに祐子は政治家を良く思っていないのだ。選挙だって毎回行きはするものの、悩んだ末に白票を投じているらしい。

勤務先が鮫島議員の自宅だなんて言ったら、不安にさせてしまう。

「新しい仕事先は、奥さんの息子さんのお家よ。暮らしぶりを気にして、家政婦を派遣したいんですって」

「まぁ過保護ねぇ。お金持ちは違うわ」

「息子さんは気難しい方で、なかなか家政婦が居着かないそうよ。奥さんが私の仕事ぶりを気に入ってくれて、高給で直接雇用してもらえることになったの」

嘘は言っていない。細かい事情を伏せているだけだ。祐子は一応納得したらしく、ホッとしたように言った。

「そういうことなの。だったら安心だわ」

「でしょう？　自慢の娘がちゃんと認めてもらえたってことなんだから、お母さんも喜んでくれていいよ」

電話で笑顔は伝わらないから、できるだけご機嫌な調子を装ったのだが、祐子は窘（たしな）めるように言った。

「調子に乗らないの。昔、居酒屋でバイトしてたときも、明るく元気一杯だって褒められた次の日に、ひどく叱られたんじゃなかった？」

「あれは、だって、しょうがないわよ。あんまり騒がしくて長居するお客さん達だったから、見かねて注意したら上客だっただけで……」

里央の言い訳を聞き、祐子は深くため息をつく。

「あなたはなんでもはっきり言いすぎるのよね。ひと言多いっていうか。相手が気難しい人なら、余計に配慮が必要よ。せっかく期待してくれているんだから、ガッカリさせないように」

「わかってる、気をつけるわ」

母親のお節介が長引きそうなので、里央は途中で遮った。祐子は軽く息を吐き、声を和らげた。

「とにかく、無理だけはしないでね。里央が元気でいてくれることが、何よりも一番なんだから」

穏やかで温かい声音。まるで祐子の腕に抱かれているみたいだ。里央は彼女の優しさに応えるように、心を込めて感謝した。

「ありがとう、お母さん」

ふたりの間に心地よい静けさが漂い、たとえ離れていても、強い母娘の絆を感じられたのだった。

*

里央が武昭の家政婦を始めて、一ヶ月が経った。

仕事には慣れたが、美都子の願いは叶えられそうにない。武昭はずっと書斎に籠もりきりで、里央と顔を合わせることすらないのだ。

拍子抜けした、と言ってしまえばその通りだが、予想通りでもある。

美都子は鮫島家のトップシークレットを赤の他人に打ち明け、相場の三倍以上の給料を支払っている。余程追い詰められているからこその決断であり、武昭が簡単に里央と打ち解けられるなら、最初からこんな事態にはなっていないのだ。

武昭の印象は、とにかく感情が見えない人、だった。

対応は紳士的で丁寧なのだが、やり取りがことごとく空虚なのだ。冷たいとは思わないが、どうにも無機質で、里央に関心がないことがひしひしと伝わってくる。

正直言って、里央は積極的に武昭と親しくしようとはしていない。

美都子には悪いと思うが、そもそも里央には恋人がいた試しはないし、プライベートで仲の良い男性もおらず、最初から人選ミスなのだ。

それでも武昭は一応里央の雇用主だ。機械的に仕事をこなすのはつまらないし、最低限の交流くらいはないと息が詰まる。

「ふぅ」

里央はこっそりため息をついてから、脚立に上ってシーリングライトの埃を軽く取った。次に固く絞った雑巾で棚の上を拭き、テレビには専用のクロスを使う。上から順に作業を進め、最後は床の掃除。見るからに高級そうなカーペットを傷めることのないよう、慎重に掃除機をかけていく。

武昭との距離は一向に縮まらないが、部屋が綺麗になっていくのは清々しい。最初から物が少なく、スッキリした部屋ではあったのだが、案外埃は溜まっていた。今は綺麗さを維持しているだけだが、初日は結構大変だったのだ。

忙しい武昭には、そこまで気を配る余裕はなかったのだろう。リビングルームの変化に、武昭がどこまで気づいているかはわからないが、清潔で美しい空間にいると、気持ちも明るくなると思う。

里央が自分の仕事に満足して振り向くと、いつの間にか武昭が立っていた。彼女は驚き、思わず後ずさってしまう。

「いらっしゃったんですか」

武昭は無言のまま佇み、リビングルームを眺めている。

シーリングライト、棚の上、テレビと次々に視線を向け、少しのミスもないか確認しているみたいだ。瞳は鋭く、唇は固く結ばれ、プレッシャーを感じてしまう。

里央の仕事に、心の中で評価を下しているのだろうか？

相変わらず武昭の表情は読み取れず、ふたりの間にはただただ緊張が漂う。何も言わずに見つめているから、余計に圧迫感があった。

「あの、何か？」

重苦しい雰囲気に耐えられず、里央は口を開いた。武昭はやっと彼女の方を向いて、淡々と話す。

「洗濯物を脱衣所にまとめておいたので、あとでコインランドリーに持っていってもらえますか？」

それだけ？

あんなに時間を掛けて、リビングルームをチェックしながら、何も言うことはないのだろうか。やっぱり武昭の考えていることはわからない。

「はい、わかりました」

里央は武昭の態度にわずかな失望を感じ、彼の横をすり抜けて脱衣所に向かおうとする。

「え？」

廊下の途中で、里央は立ち尽くした。いつも閉ざされている、武昭が絶対に入らせない書斎の扉が開いていたのだ。

ひどい有様だった。嵐が来た後だと言われても驚かないくらいだ。

本棚が壁一面に並んでいるが、収まりきらない書物が床に積み上げられ、何冊かはバランスを失って崩れ落ちていた。

机の上にはノートパソコンと、作成途中の原稿らしきものが乱雑に散らばり、全てが混沌として秩序を失っている。

空気は埃っぽく、古い紙の匂いが鼻についた。

窓からの日差しも曇ったガラスに遮られ、重たく垂れ下がったカーテンが、武昭以外を拒んでいるかのようだ。

「これは、どういうことです？」

里央は武昭に詰め寄るが、彼は何事もないかのような顔をしている。軽く肩をすくめ、素知らぬ様子で尋ね返してくる。

「どういうこと、とは？」

「この部屋こそ、掃除が必要なんじゃありませんか？　こんな場所に長時間いたら、お身体を悪くしますよ」

珍しく武昭の瞳に苛立ちが浮かんだ。わざとらしく首を振り、迷惑さを隠そうともしない。

「君には関係ないでしょう」

「確かにそうかもしれませんが、私は鮫島家から雇われているんです。雇用主の健康を守ることも、私の仕事に含まれているはずですよ」

里央が書斎に足を踏み入れようとすると、武昭が彼女の肩を掴んだ。他人行儀な丁寧語も忘れ、キッパリと言い放つ。

「入らないでくれ。ここはこのままでいい」

「そんなわけには」

「いいんだ！　俺のやり方でやるから」

声量そのものは大きくないが、怒りが含まれた厳しい声だった。里央は一瞬たじろいだけれど、引き下がるつもりはなかった。

「やり方って……。掃除なんて、もう何年もされてないと思いますけど」

里央は床の本を人差し指で拭い、埃まみれの指先を武昭に見せる。彼は言葉に詰まり、彼女から顔を背けた。

「とにかく、放っておいてくれ。他人に触れられたくないものもあるんだ」

「でしたら大事な物は避けておいてください。全部が全部そういうものではないでしょう？」

「勝手に移動されたら困るんだよ。どこに何があるかわからなくなるだろう」

「勝手にはやりませんよ。ひとつひとつお伺いを立てながら作業しますから」

ふたりはしばらくにらみ合っていたが、武昭は根負けしたらしく、大きなため息をついた。

「……いいだろう。ただし今日はダメだ。準備ができたらお願いする」

「わかりました。いつでもおっしゃって下さい」

軽く礼をして里央はその場を去ろうとしたが、武昭はまだ会話を続けるつもりらしい。じっとこちらを見ながら口を開く。

「君は、律儀だな。仕事は少ないに越したことはないだろうに」

さっきとは声のトーンが違う。

優しく柔らかい雰囲気に、里央は戸惑って視線を上げられない。

「掃除を任せられたお宅の中に、あんな場所があるのが耐えられないだけです」

「正直、君の働きぶりには驚いている。家政婦なんて床に掃除機を掛けるくらいだと思っていたからな」

だったら、ひと言くらいあっても良かったのに。

そう言いたかったけれど黙っていた。せっかく褒めてくれているのだから、武昭の機嫌を損ねたくはない。

「若そうだが、もう何年も家政婦をしているのか？」

「勤務は一年半くらいです。私は母子家庭だったので、家事全般は昔からやってましたけど」

母子家庭と聞いたからか、武昭の顔に同情の色が浮かんだ。里央は自分の境遇を特別不幸だと思ったことはないが、この手の表情をされることはよくある。

「俺にできることがあれば」

「できることってなんです？　母子家庭への偏見をなくしてくれるんですか？　それとも、世間のルールを変えてくれるとか？」

トゲのある言い方になってしまった。

家政婦という立場で、雇用主にこんな失礼なことを言うべきではない。頭では理解しているのに、抑えきれない衝動が口を衝いて出ていた。

武昭に哀れみを向けられた気がしたのだ。彼の言葉が純粋に善意でしかないと感じられるから、余計に悲しかった。

立場の違いなんて最初からわかっていたことだが、里央は美都子に頼まれ、武昭と友情を育もうとしていた。

情けをかけられてしまったら、もうダメだ。今後対等な友愛関係など、とても望めないだろう。

「すぐには変えられなくても、変える努力はしている」

武昭の返答は落ち着いていた。内心では憤慨していたとしても、表面上それを見せないようにしているのだろう。

政治家らしいなと思うと同時に、その揺るがない姿に悔しさに似た感情を抱く。

「母は白票しか投じたことがないんです。誰にも期待できないからって。私もずっとそうしています」

武昭の微動だにしない態度が、わずかに乱れた。眉間に皺を寄せ、突き刺すように里央を見る。

「白票も意思表示のひとつだとは思う。しかし政治を動かすには、いささか力不足だ。せっかく投票するのだから、政党や候補者を選ぶ努力をして欲しい。選挙の結果は最後までわからないし、一票が社会を変えることだってある」

一分の隙もない正論だった。間違っているのは祐子や里央のほうだ。

だとしても、常に正しい行動ができるわけじゃない。里央だって投票所に行き、鉛筆を持って書こうとはするのだ。でも、書けない。

手が止まってしまって、結局そのまま投票用紙を箱に入れてしまう。

「理屈はそうでも、自分の声が政治に届くとは信じられないんです。私と同じ考えの人は、決して少なくないと思いますよ」

自分が有権者代表だなんて驕った気持ちはないけれど、投票率が下がって六十パーセントにも届かないのは事実だった。

武昭もそれはわかっているのだろう。考え込む様子は、必死で答えを探しているようにも見える。

「公約だって守られなかったり、ろくに説明もないまま修正されたり……。頑張るのは選挙のときだけ」

さすがに不適切な発言だと思い、里央は口を噤んだ。頭を下げようかと迷ったが、謝罪したのは武昭のほうだった。

「すまない。国民の政治不信を招いている原因は、我々政治家にある。しかし政治は決して、国民の生活と無縁じゃない。選挙はこの国の未来を考える絶好の機会だから、きちんと権利を行使して欲しいんだ」

真っ当な意見だった。様々な法律の恩恵に与りながら暮らしているのだから、もっと政治に関心を持ち、自ら学んで判断していくべきなのだろう。

ただ、余裕がないのだ。

正直日々の生活に精一杯で、天下国家を論じるどころじゃない。

里央だけでなく、大多数の国民がそういう状況なのが問題なのだ。政治はそんな現状を改善するために、存在するのではないのだろうか。

「おっしゃることは、わかります」

そこで言葉を切り、里央はグッと顔を上げ、武昭の目を見て続けた。

「私達は勉強不足ですし、政治家の方々に任せきりの部分もあると思います。でもだからこそ、もっとわかりやすく熱意やビジョンを伝えて欲しいんです。投票はその先にあるものなんじゃないでしょうか」

里央はそう言い残すと、脱衣所に向かい洗濯物が入った袋を掴んで、武昭の部屋を後にしたのだった。

＊

やってしまった――。

自分のことを棚に上げて、あんな武昭に意見するような真似を。

言いすぎたのは間違いないが、わざと煽ったわけではない。政治や政治家に対する不満は、里央自身が常日頃感じていることだ。

テレビや週刊誌の醜聞を見るにつけ、二千万円以上もの年収をもらっていて、本当に政治家はそれに見合う仕事をしているのかと疑ってしまう。

でもやっぱり罪悪感はあった。政治家だっていろいろだ。自分の保身しか考えていない人もいれば、日々国家のために働いている人もいる。

武昭の仕事振りをよく知りもしないで、政治家とひとくくりにするのは良くない。

考えれば考えるほど反省の気持ちが湧いてきて、里央は昼休みに武昭の公式サイトを眺めていた。せめて彼の活動報告ぐらいは目を通しておこうと思ったのだ。

「へぇ西脇さんって、鮫島さんに興味あるの」

課長に話しかけられ、私は慌ててスマートフォンを伏せた。

別に見られて困るようなものを見ていたわけではないが、一般的に政治の話はタブーと言われているし、社内で変な噂を立てられたくない。

「その、これは」

里央が言い訳に四苦八苦していると、課長は全く気にしていないようで、にこにこと楽しそうにしている。

「あれでしょ。最近流行の、推し活ってやつ」

課長から予想外のワードが飛び出し、里央はびっくりして目を瞬かせる。

そうか、政治家も推す時代なのだ。

まぁ武昭は俳優だと言われても、遜色のない美麗な容姿をしているので、本来の意味のファンがいてもおかしくはないけれど。

「ま、まぁそんなとこです」

里央が曖昧に笑うと、課長は驚きの発言をした。

「実は僕、鮫島さんとは同郷なんだ」

「え、そうだったんですか？」

だからさん付けだったのか。さっきから武昭のことを、親しげに呼ぶなとは思っていたのだが。

「あの辺りは鮫島グループの企業城下町でね。優秀な人材が全国から集まってて、同級生の親はほとんどが鮫島や、関連企業に勤務してたよ」

「じゃあ鮫島議員ともお知り合い、とか？」

「高校の先輩なんだ。歴史ある名門校で、卒業生には政界や財界でも風格のある大物が山ほどいる。まぁ僕は大したことないけど」

課長は謙遜するが、彼もまた会社始まって以来の切れ者と言われている。でないと彼の年齢で次長も間近だなんて、噂されるはずがない。

「やっぱり鮫島議員は、目立つ方だったんですか？」

里央の質問に、課長は強くうなずく。

「校風なのか、生徒は皆政治談義が好きだったけど、中でも鮫島さんは行動派だった。アンケートを取り、署名を集め、先生達に掛け合って、校則を変えてしまったほどだよ」

「本当ですか？　すごい……」

「当時の校則は、髪型を細かく規定するものでね。皆不満に思ってたんだよ。あれも民意を反映したいという気持ちからだったんだろうなぁ」

高校生の頃から、武昭は政治家としての資質を持っていたのだ。

にもかかわらず大学卒業後に就職を選んだということは、よほど父親や鮫島家に対する反発があったのだろう。

「当時の生徒会は、校則反対運動の牙城でね。鮫島さんはその急先鋒だった。ビラを作って撒いたり、ストライキを敢行したり」

「熱いですね」

「そう、熱い人なんだ。何時間でも平気で激論を交わしてね。鮫島さんが評価されていないのは残念だよ」

課長の言葉に里央は首をかしげた。武昭は人気も知名度もあり、評価されていないとは思えなかったからだ。彼女の疑問を察してか、課長は続ける。

「正当に、ってことね」

「あぁ。鮫島議員は顔も整ってらっしゃるし、上辺だけの人気かもしれませんね。その実何をしてるのかは、あまりよくわからないですし」

「だろう？　西脇さんもせっかく推すなら、鮫島さんの中身もしっかり見てあげてね。いつか首相になる人だと思うから」

実力主義の課長がそこまで言うのだから、武昭の能力は本物なのだろう。里央は自分の浅はかさを恥じ、うつむいて唇を噛んだ。

武昭に謝らなければならない。

書斎にあった多岐にわたるジャンルの書物を見れば、武昭が勉強家であることは紛れもない事実だ。世界各国の優秀な政治家と渡り合うため、あらゆる分野へのたゆまぬ精進を続けているのだろう。

有権者だからと、里央はどこかで武昭を批判できる気になっていた。彼がどんな思いで政治家になり、国民に寄り添おうとしているかも知らないまま——。

*

武昭に謝ろうと思ってはいるものの、今週末彼は地元に帰っている。

渡されている合鍵で部屋に入り、通常通りの掃除を終えた里央は、コインランドリーで洗濯物の仕上がりを待っていた。

正直言って武昭の不在には安堵しているが、なんとも言えない焦燥感もあった。

これは一時の猶予でしかなく、この薄暗い罪悪感をより長く抱えることになるだけだからだ。

里央はもう既に、何度も謝罪の場面をシミュレートしている。お詫びの言葉も何パターンも考えた。

それでも彼女の真意が、きちんと武昭に伝わるかはわからない。とりあえず今は、さっさと伝えて楽になりたいという気持ちのほうが強かった。

仕上がりのブザーが耳に届き、里央はハッとして立ち上がる。

扉を開けて部屋着や下着類を取り出していくと、タオルケットに包まれてワイシャツが一枚出てきた。

普段ワイシャツは武昭が取り分けてくれていて、里央がクリーニングに出している。間違ってこちらに紛れ込み、そのまま洗濯乾燥してしまったのだろう。

里央はランドリーバッグを持ち、急いで部屋に戻った。

武昭のワイシャツは肌触りのいい天然素材だから、乾燥機で粗雑に扱りと皺だらけになってしまう。クリーニング店ほどの仕上がりではなくても、なんとか見られるようにしなくては。

部屋に戻った里央は、すぐにアイロンの電源を入れ、高温の設定にした。襟や袖口のプリーツ部分、肩から後ろ身頃も丁寧にプレスしていく。

ボタン周りをアイロンがけしていると、一ヶ所取れかかっているのに気づいた。

里央は手早くワイシャツをハンガーに掛けて、裁縫セットを取りに行く。こういうこともあろうかと、いつも持ち歩いているのだ。

里央がワイシャツのボタンを付け直していると、玄関の扉が開く音がした。彼女はギョッとして恐る恐る廊下を見る。

立っていたのは武昭だった。

スーツには微かな皺が走り、髪は少し乱れ、ネクタイを緩ませている。目の下には疲労の色が濃く、声を掛けるのは憚られたが、まさか無視もできない。

「お帰りなさい。今日はお戻りにならないかと」

「明日に予定していたイベントが、急遽中止になったんだ。荒天が予想されるから、早めに帰宅することにした」

「そうだったんですね。お疲れでしょうから、お風呂に入られたらいかがです？　夕食を取られるなら、近くのスーパーで食材を買ってきて、何か簡単な物をお作りしますけど」

甲斐甲斐しく武昭の世話をしようとしてしまうのは、里央の中にある負い目のせいだ。彼は見るからに動揺しており、疑念すら感じているように見える。

まぁ先日のやり取りがあってからのこれでは、素直に現状を受け入れる気持ちにはならないのだろう。しばらく里央の言動の裏を探ろうとしていたようだが、長距離移動の疲れもあって断念したらしい。

「……お願いできるなら、頼みたい」

「わかりました。では荷解きなどなさっていて下さい。浴槽に湯を溜めてきます」

里央が風呂場に行って戻ってくると、武昭はまだスーツ姿のまま、ソファに置かれたワイシャツを見つめていた。

「これは」

「あぁ、預かった洗濯物に混ざっていたんです。ボタンが取れかけていたので、付け直していたんですよ」

武昭は何も言わなかったが、その瞳には温かな輝きがあった。里央の気配りに胸を打たれているようで、これ以上こちらから声を掛けにくい。

里央は黙って裁縫の続きをしたが、その間武昭は着替えもせずに、彼女の手元をずっと見つめていた。居心地の悪さを感じつつ、ボタンを付け終えた彼女は立ち上がり、彼にワイシャツを渡す。

「洗濯物には混ざらないよう、気をつけて下さいね」

武昭はうなずくと、財布から一万円札を取り出し、「食費だ」と言って里央に渡した。彼女が受け取ろうとすると、彼は少し迷ってから、おもむろに切り出す。

「君さえ良ければ、ふたり分作ってくれても構わないが」

もしかして、一緒に夕食を取ろうという誘いなのだろうか？

武昭は先日の暴言を怒っていると思っていたので、里央は少なからず驚いたが、彼のほうから落ち着いて話す機会をくれるなら、むしろありがたい。

どうせ帰ったところで、また自分で自分の食事を作らねばならないのだから、夕食を済ませてから帰れるのも助かる。

「ではご一緒させて下さい。腕によりをかけて作りますね」

料理は子どもの頃からずっとやっているので、得意だと言ってもいい。

いつもは安い食材で、どれだけボリューム感を出すかを考えるけれど、今日は武昭にたっぷり食費をもらったので、気兼ねなく最高の食材をそろえられる。

近くの高級スーパーに向かうと、その品数の多さに圧倒された。品質も良く、産地にこだわった新鮮な食材に囲まれるとウキウキしてしまう。

里央はたくさん食材を買い込み、部屋に戻って早速料理に取りかかった。

鯖の竜田揚げをメインに据え、汁物はキノコたっぷりの味噌汁、副菜はカブの海老そぼろ煮とレンコンのきんぴらだ。

定番の和食おかずにしたのは、武昭も疲れているだろうし、食べ慣れているであろう料理が良いと思ったからだ。奇をてらったメニューではないが、食材自身の力でいつも以上の出来映えに感じられる。

書斎に武昭を呼びに行こうとすると、彼はもうリビングの入り口に立っていた。里央はドギマギしながら声を掛ける。

「あの、できました、けど」

武昭はダイニングテーブルに近づき、眼前に並ぶ料理に心を奪われているようだった。大きく見開く瞳から驚きが感じられ、口元は自然とほころんでいる。

「すごい、な。定食屋に来たみたいだ」

里央は照れてしまってどう答えていいかわからず、武昭に座るよう促す。

「熱いうちに、どうぞ」

武昭は椅子に腰掛け、いただきますと言って、鯖の竜田揚げに箸を伸ばした。サクッという軽い音が、上手く揚がっていることを教えてくれる。

「……美味い。見た目だけじゃなく、味も店に引けを取らない」

味わうことに集中しているのか、武昭は目を閉じゆっくりと咀嚼している。こんなにも喜んでもらえるとは思わず、里央は突っ立ったまま彼を見ているしかない。

次に武昭は上品な箸使いで、レンコンを口に入れた。その美味しさに言葉を失ってしまったらしく、眼差しで里央に訴えかけてくる。

「お口に合いましたか?」

武昭はおもむろにうなずき、身振り手振りで里央に腰掛けるよう促す。

「じゃあ、私もいただきます」

里央は礼をして武昭の前に腰掛け、同じように手を合わせて料理に口を付ける。

湯気が立ち上る味噌汁は出汁が利いているし、カブのそぼろ煮も海老が良い仕事をしている。里央にとって特別なメニューではないが、醤油や味噌の調味料まで高級品なので、いつもとは違う上品な味わいだ。

「君は、料理上手だな。これなら毎食頼めば良かった」

武昭が目を細めて、里央を賞賛してくれる。彼女は頬を赤く染め、うつむき加減に言った。

「そんなに褒めていただくと、恥ずかしいです」

「俺は本当のことを言っているだけだ。手を掛けて作ってくれたのが、すごくよくわかる」

「ありがとうございます」

里央はささやくような声で言ってから、今なら謝れるかもしれないと思った。彼女は顔を上げ、武昭を正面から見つめる。

「あの、先日は申し訳ありませんでした」

武昭は箸を止め、怪訝な顔で答える。

「謝られるようなことは、何もされていないと思うが」

あんなことを言ったのに、武昭は気にしていないのだろうか。

度量が大きいのか、それともあの程度は言われ慣れているのか。一瞬安堵するものの、里央は首を左右に振ってはっきりと言う。

「政治家の大変さも知らず、偉そうなことを言いました」

「俺はむしろ、気持ちをぶつけてもらえて嬉しかったよ」

武昭の思いがけない答えに、里央はとっさに返事ができなかった。困惑する彼女を見て、彼は優しげな眼差しで続ける。

「それに君の、いや、西脇さんの言ったことは間違ってない。俺達政治家は有権者を啓蒙(けいもう)しようとしているから、上手くいかないんだと思う」

初めて名字を呼ばれた。

里央の名前など、覚えるつもりはないのかと思っていたのに。

武昭が里央の存在を認め、受け入れようとしてくれている気がして、胸の中に温かい喜びが広がっていく。

「確かに啓蒙って言われると、大げさに聞こえますけど」

「だろう？　教え導くなんて思い上がりだ。本当に必要なのは対話なのに」

対話――。そうかもしれない。有権者は知識も関心もない人が多く、政治家との溝は埋まるどころか、深まるばかりに感じられる。

「どうしたら対話できますか？　陳情に行くとか？」

里央が尋ねると、武昭は苦笑して言った。

「それはハードルが高いだろう？　まぁ交通違反をもみ消してくれとか、外務省に頼んでパスポートを発行してくれとか、無理難題を言ってくる人もいるが」

ビックリして、口がポカンと開いてしまう。陳情というからには、てっきり公的で真面目なものばかりだと思い込んでいたのだ。

「そんな非常識な人、いるんですね……」

「まぁね。陳情処理は秘書にお願いしているが、彼らには苦労させて申し訳ないと思っている」

きっと秘書の手腕というのは、そういうときに発揮されるのだろう。

どんな言いがかりをふっかけられても、相手は有権者。邪険にはできないし、上手くさばいて、巧みにあしらっていかねばならない。

「政治家の仕事って、想像と全然違いますね。国会中継なんか見ていると、本当にちゃんと国民のために働いてくれてるのか、疑問に思うこともあったんですけど」

「マスコミは一部を切り取って、面白おかしく報道するからね。こうしてひとりひとりとゆっくり話し合えたらいいけど、現実的ではないし」

武昭が眉根を寄せて嘆息した。彼の努力は有権者に届かず、真意は伝わらない。あまりに孤独な戦いを思うと、自分のことのように里央の胸が痛んだ。

「それでも、諦めないでいられるのは、どうしてですか？」

「誰に認められなくても、俺自身は自分の頑張りを知っているからね。地道に愚直に、政策を伝えていくしかない」

「私達は、それにしっかり耳を傾ける……」

里央のつぶやきに、武昭が深くうなずく。

「あぁ。その積み重ねが社会を良くしていくんだと思う」

「時間が、掛かるでしょうね」

「政治とは、本来そういうものだよ。皆は即効性を求めるが、すぐには変わらないし変えられない」

よくスピード感を持って対処などという言葉を聞くけど、審議にはある程度の時間が伴うものだ。重要な事案なら、尚更よく検討すべきだろう。

「本当は少しずつ変わっているのに、私達には見えにくいのかもしれませんね。だから余計に関心がなくなってしまう」

「気持ちはわかるよ。でも誰もが政治に参加できるってことを、忘れないで欲しい。一票を投じ続けることで、見えてくるものは必ずあるから」

熱意の籠もった言葉ではあったが、武昭は決して無理強いはしていない。

提案してくれているだけだとわかるから、すんなりと里央の中に入っていく。反発を覚えず、素直に納得できる。

「これからは、ちゃんと投票用紙に記入しようと思います」

里央はにっこりしたが、すぐにスッと視線を逸らす。

「ただ、えっと、この人に任せたいって思えるような、政治家の方がいらっしゃらないときもあるんですけど」

武昭の同志を非難するような発言だったが、彼は気分を害した様子もなく、むしろ朗らかに笑いながら言った。

「ハハハ。誰を選んでも一緒だとか、全員微妙な候補者に見えるってところかな?」

あんまりはっきり言葉にされて、里央は決まりが悪くなる。

「なんか、すみません」

「いいんだ、それが有権者の本音だと思うから」

武昭は穏やかに微笑み、優しく続ける。

「そういうときは、ベストじゃなくベターな人を探せばいい」

里央は目をぱちくりさせ、とっさに声が出なかった。選挙に対して、そういう考えを持ったことはなかったのだ。

「その、随分消極的ですね」

「構わないさ。某国の首相も、政治は妥協の産物だと言っている。少しでもマシだと思える選択肢を選んでくれればいい」

すごく、気持ちが楽になる言葉だった。

よくよく考えれば、人生だってそんなものだ。いつも歩きやすい安全な道が選べるわけじゃない。

なのにどうして、政治には完璧を求めていたのだろう。最高の人物を選べないなら、誰も選ばなくていい、だなんて——。

「私達、気負いすぎていたのかもしれませんね。今できる最善の選択をすればいいだけなのに」

「そう思ってもらえたなら、嬉しいよ。その選択は、きっと西脇さんの未来に影響を与えるはずだから」

武昭の瞳には、里央に希望を抱かせるほどの、明るい灯がともっていた。それは自分が選んだ道を信じ、進み続ける人だけが持つ光だった。

# 第二章　初恋　～Side武昭～

金帰火来という言葉がある。

地方出身の議員が本会議終了後の金曜夜に地元へ帰り、本会議が始まる火曜日の昼までに国会へ戻って来るという意味だ。

だから金曜夜は、空港でよく国会議員に出くわす。

「あれ、今週も地元へ？」

「ぇぇ」

「航空券が支給されるとはいえ、しょっちゅう戻るのは辛いですよね。首都圏近郊の議員が羨ましいですよ」

「全くです」

武昭の地元には新幹線が通っていない。

鉄道を使うと時間が掛かりすぎるので、武昭の場合はもっぱら飛行機を利用するが、東京発のグリーン車も国会議員ばかりだと聞く。

議員になって、この生活の大変さが身に沁みてわかった。

毎週のように地元の挨拶回りをしていた直伸が、寿命を縮めたのも無理はない。視察や法案の質問作成など、多忙を極める中で、一体いつ寝ていたのだろうと疑問に思うほどだ。

おまけに地元に戻った直伸の予定は、いつもびっしり。県連支部との会合があったかと思うと、地元企業や後援会への挨拶、地域行事にも参加して……。

よそのイベントに出席すると、ぜひうちにもと依頼があり、義理堅い直伸は断り切れず、当然武昭と過ごす時間などあるはずもない。

やっと顔を合わせたかと思ったら、二言目には「本を読め」だった。

恐らく武昭が将来政治家になることを見越し、芸術と文化に明るくなっておけということだったのだろう。

実際外国の要人と話していると、高度な芸術論や文化論の話題になる。政治家のレベルが高いから、こちらも知識がないと見下されてしまうのだ。

しかし子どもの武昭には、直伸の気持ちなんてわからなかった。

滅多に家へ帰ってこないくせに、会えば小言ばかりの直伸を、尊敬する気持ちになれなかったのも仕方がなかったと思う。

その上直伸は、身内に厳しいわりに外面は良かった。

どんな相手でも分け隔てなく接し、積極的に自分から声をかける。記念撮影はもちろん、色紙を求める人にはもったいぶらずに揮毫さえした。

「あなたも、いずれはあんな風になるのよ」

美都子もまた、ことあるごとに武昭にそう言った。家では会話も滅多にしない夫婦だったのに、外では良妻賢母を通した。直伸がどうしても地元に帰れないときは、挨拶回りやイベント参加の代行までしていたほどだ。

ある意味似た者夫婦だったのかもしれない。ふたりとも鮫島という家のために、生きていた。家を守ることが全てだったのだ。

幼少期を思い出すと、およそ色彩というものが感じられない。

無言で新聞をめくっていた直伸と、屋敷の日本庭園を虚ろな目で眺めていた美都子。食卓を囲むこともなく、お互いに無関心で、冷えきった空気に肺の中まで凍り付いてしまいそうだった。

声を掛けることも憚られ、形だけの家族という枠組みに息苦しさを覚えた。

悲しみと孤独だけが武昭の空虚な心を満たし、言葉も感情も交わさないなら、家など捨ててしまえば良いのにと何度思ったことか。

だから大学を卒業間近に、直伸に言ったのだ。

「東京で就職します」

両親が家を捨てられないなら、自分が捨ててやろうと思った。誰の助けも借りず、ひとりで生きていきたかった。

「鮫島グループに入社するよう、既に取り計らっている」

直伸は眉ひとつ動かさなかった。武昭の希望など、最初から取り合うつもりはないとでも言いたげだ。

「僕はもう決めたんですよ」

「お前に決める権利などない。お前の人生は鮫島家のものだ」

武昭はカッとなり、立ち上がって拳を握りしめた。

「僕の人生は僕のものです！」

感情が爆発し、若さのままに吐き捨てた。

「鮫島家なんかに価値はない。いくら国会でもっともらしいことを語ったって、温かい家庭ひとつ作れなかったあなたに、国民の健やかな生活を実現できるわけがないんですよ！」

直伸の眉間に、初めて深い皺が刻まれた。

武昭をにらみ付け、苛立ちの滲む声を出す。

「私の跡を継ぐことは、お前のためでもある。なんの後ろ盾もなく生きるのは、決して楽じゃない。必ず後悔するぞ」

まるで脅しだった。そんな言い方をしなければならないほど、直仲は揺らいでいるのだ。

「後悔するのは、なんの意志も持たず、あなたの敷いたレールを歩くとさだけですよ。あなたが許そうが許すまいが、僕は自分の道を行きます」

直仲も立ち上がり、一段と高い声で言った。

「子どもみたいに駄々をこねるんじゃない！　鮫島の家にどれだけの歴史があると思っている。お前の気まぐれで、終わらせられるわけがないだろう」

「あなたが鮫島の家に、責任を感じているのはわかりますよ。でも僕には関係ない」

「何を馬鹿な」

「育て方を間違ったんじゃないですか？」

直仲は重苦しい息を吐いて、椅子に腰を下ろした。深い失望が滲んだ瞳で、彼はこちらを見る。

「本当に、出ていくつもりか」

「はい。ここに内定通知書もあります」

東京に所在地がある、大企業のものだった。直仲は書類を一瞥し、武昭のほうを一切見ずに言った。

「……いいだろう。外の世界を見てくればいい。ただし、お前が鮫島家の跡継ぎであることに変わりない。それは決して忘れるな」

鮫島家にとって、武昭の就職は前例のないことだった。美都子はショックで寝込んだし、親族からも大いに責められたはずだ。

それでも直仲は、送り出してくれた。感謝の気持ちはあったし、いつかこの借りを返す日が来るだろうと思っていた。

だから直仲が病気を患い、長くないと知ってすぐに帰省したのだ。

「帰ったか」

病床の直仲は驚くほど小さく、弱々しくなっていた。押し出しのいい、昔は見上げるように立派な背中をしていたのに。

言葉もなく立ち尽くす武昭に、直仲は微笑む。

「仕事は、どうだ」

「忙しいですが、充実しています」

「そうか……」

自分から口火を切るつもりはなかった。でも言わずにはいられなかった。

「僕は、戻るべきですか？」

直伸はそれには答えず、おもむろに語り出す。

「お前の母親は、美都子じゃない。お前を産んだのは、乳母の華絵だ」

「な」

唐突な告白だった。

乳母の華絵……？　覚えている。華奢で色白で、儚げな人だった。

幼い頃、まだ小学校に行く前だったろう。確か突然亡くなったのだ。

絵本を読む、感情豊かな声が蘇り、武昭は無意識に口元を押さえていた。

まさか、そんな信じられない、あの人が？

様々な感情が渦を巻き、ひどく動揺して、何も言葉が出なかった。

「美都子とは、なかなか子宝に恵まれなくてな。責任を感じたのか、従兄の娘の華絵に跡継ぎを産んでもらうと、美都子のほうから言い出したんだ」

「華絵、さんは、若かったでしょう」

どうにかそれだけ言うと、直伸は目を閉じゆっくりと口を開く。

「そうだな。彼女がうちに来たときは、まだ二十歳そこそこだったと思う」

「そんなうら若き女性を、鮫島家のために犠牲にしたのですか？　当主のあなたなら断れたはずでしょう！」

頭に血が上り、武昭は思わず叫んでいた。

あまりにも理不尽で、不合理で、非人道的だとさえ思えた。

まるで昔話の人身御供だ。こんな蛮行が許されていいはずがない。

「華絵の実家には借金があったらしく、双方合意の上だったんだ」

「それにしたって、跡継ぎを産む道具にするようなことを」

「私は華絵を愛していたよ」

直伸が目を開き、武昭は息を呑んだ。こんなに穏やかな笑顔を浮かべた父親を、初めて見たからだ。

「でも、華絵さんの気持ちは」

反論を試みようとするが、武昭の心は揺れていた。

そう遠くない死期を覚悟して語る直伸を前にすると、武昭の言葉はどうにも軽く空虚に感じられてしまう。

「華絵も私を愛してくれたよ。彼女より他に愛した人はいない。できるなら添い遂げたいと思っていた」

直伸はなぜ、この期に及んで打ち明けたのか？

先ほどからずっと疑問だったのだが、たった今わかった。武昭が愛し合うふたりから生まれたのだという事実を、伝えようとしてくれたのだ。

家のためでなく、跡継ぎのためでなく、ただ直伸と華絵の愛の結晶として。

ふいに胸が軽くなるのを感じた。

実家に漂う冷たい空気も、両親の不和も、決して武昭のせいではなかったのだ。

おぼろげな記憶しかないけれど、直伸と華絵が言い争う様子など一度も見たことはない。お互いを慈しみ合うように、時折視線を交わしていただけだ。

「華絵の死は、私にとって半身を失うほどの苦しみだった。仕事に打ち込むことでしか忘れることはできなかった」

知らなかった。知る由もなかった。

家庭を顧みず、仕事漬けだった直伸の裏に、そんな事情があっただなんて。

「お前には悪かったと思っている。美都子にも、だ」

直伸の謝罪は予想外だったが、どこか腑に落ちる部分もあった。贖罪の気持ちがあったから、武昭が家を出ることを許してくれたのだろう。

それが直仲のけじめの付け方だったのだとしたら、いつまでも過去に囚われている自分がひどく恥ずかしく思えた。

今武昭がすべきことは、父親の意を汲み、直仲になんの憂いも残させないことだ。

「ありがとう、ございます。本当のことを、教えて下さって」

「私は道半ばだ。もしお前が私の意志を継いで」

「後を頼むと、言って下さい。その言葉だけで、十分ですから」

随分と細くなった直仲の手を、武昭は強く握った。父親は一瞬躊躇い、はにかんだ笑顔でつぶやく。

「……後を、頼む」

「はい。必ず立派な政治家になってみせます」

地元に帰る飛行機の中で、武昭はいつもあのときの約束を思い出す。

日々の雑務に追われ、政治家としての矜持を忘れそうになるたび、直仲との誓いを胸に気持ちを奮い立たせてきた。

今もそれは変わらないが、里央との出会いが武昭にある変化をもたらしていた。

直仲の遺志を継ぐことはとても大事だが、武昭自身がひとりの政治家として、自分の目指す道を追求したいという想いが鮮明になったのだ。

里央と話していて、武昭の漠然とした考えを、はっきりと言葉にすることができた。彼女が素直に本音で語ってくれるので、彼自身捉え切れていなかった、有権者の真意というものに近づけた気がするのだ。

これまで武昭の周囲にいた女性は、洗練された華やかで仕事のできるタイプが多かった。里央のように素朴で純粋なタイプが、物珍しいというのもあるだろう。

考えてみれば、華絵もそういう人だった。薄化粧で着飾ることもなく、よく働きよく笑って、武昭のことをとても大事にしてくれた。

まさか里央に華絵を重ねているのだろうか？

ふと浮かんだ疑問に苦笑するが、完全には否定できなかった。武昭が女性を意識するなんて、これまでにないことだったから。

＊

今週末は書斎を掃除することになっている。

滅多にない休日をそんなつまらないことで潰すなんてと思うが、里央に任せきりにするわけにはいかず、武昭も動きやすい格好で彼女が来るのを待っていた。

時間通りやってきた里央は、ラフなパンツスタイルだった。

里央は早速髪をひとつにまとめ、マスクをしてゴム手袋をつけると、バケツに水を張って雑巾を入れた。

「準備万端だな」

「はい。心して掛かるつもりです」

気合い十分の里央と一緒に、武昭は埃っぽい書斎に入った。窓を開けると埃が舞い、書籍や書類が散乱する空間に思わずため息をもらす。

「ひどいな……」

武昭のつぶやきを聞いたのか、里央は軽くこちらをにらむ。

「よくこんな場所で働いていましたよね」

里央は武昭に文句を言いつつも、手はせっせと動かす。カーテンを外して、窓を拭き、書棚に並ぶ本の埃をはたく。武昭もまた用意した段ボール箱に不要な本を詰め、いらない書類をシュレッダーに掛けていく。

書棚から本を取り出すたびに天の部分から埃が落ち、どれほど長く掃除をしていなかったかがわかる。知らず知らずのうちに、いろんなものを溜め込んできたのだと思うと、里央の提案を拒んだ自分が恥ずかしい。

混沌としていた場所が少しずつ整理され、部屋が広くなっていく。

床も一掃され、清々しささえ感じ始めていると、懐かしい絵本が目に入った。思わず手に取り、愛おしさのあまり、表紙を優しく指でなぞる。

「随分、古い絵本ですね。読み込んだのかボロボロですし」

里央が作業の手を止めて、武昭の手元を覗き込んだ。

「大事な本なんですか？」

「あぁ。俺の乳母がプレゼントしてくれてね。寝る前にはいつも、読んでもらっていたんだ」

なぜか里央が、気まずそうに視線を逸らした。

いたわしい表情を浮かべる里央に、武昭は疑問を抱く。彼女は彼の出自については、何も知らないはずなのに。

「だったら一番良い場所に、置いておきましょうよ」

里央が机の上を丁寧に拭き始め、卓上本棚に絵本を立てた。一番手に取りやすい場所なので、普段は法律書などを置いていた場所だ。

ファンシーな絵本の表紙が、厳めしかったデスクを一気に柔らかい雰囲気にする。

自然と顔がほころび、胸の奥がじぃんと温かくなるのを感じた。

武昭は日々の仕事に追われるうちに、いつしか自分自身を追い詰めていたようだ。疲れや悩みを溜め込み、気持ちの余裕も失っていたらしい。

絵本を眺め、華絵の姿に思いを馳せることもできないほどに——。

「そうだな、時には心を和ませることも必要かもしれない」

里央の何気ない言動が、武昭の日常に変化をもたらす。

心が浄化される、とでも言えばいいのだろうか？

里央が武昭の胸に爽やかな風を吹き込み、モノクロだった世界に彩りを添えてくれる。彼女といると、まるで改めてこの世に生まれ出でたかのように、新鮮な驚きを感じることができるのだ。

「すみません、本の間からこれが出てきたんですけど」

話しかけられて思考が途切れた。

里央に渡されたのは一枚の写真。ホテルで行われた新年会のときのものだ。

現在は直伸の時代と違って、年始客集めを競うことはない。派閥の領袖が私邸で豪華な新年祝賀会を催す、なんて在りし日の昔話だ。

「どこか適当に、机の引き出しにでも入れておいてくれ」

里央はうなずいたものの、まじまじと写真を見て言った。

「もう少し、笑顔を見せたほうが良くありません？」

気遣いは感じられるが、真っ正面からの提案に武昭は苦笑する。

「俺はこの手の場が苦手でね。酒もあまり好きじゃないし。宴席に出てもさっさと帰るから、付き合いが悪いと思われているだろうな」

「帰りが早いのは、別に良いのでは？　昔居酒屋でバイトしてたんですけど、嫌がられるのは大体長居するお客さんですよ」

「まぁ、店側からしたらそうだろうが」

「さらにチップでもあげれば完璧です」

里央がいたずらっぽく笑い、武昭は思わず噴き出す。

「っはは、かもしれないな」

里央は冗談のつもりだったろうが、実際飲食店の従業員とは良い関係を築いておくに限る。かつてとある有名料亭の元下足番が、政治家や高級官僚の告発本を出したこともあったくらいだ。

「付き合いが悪いとおっしゃいましたけど、宴席での評価って結局は気配りじゃないですか？　末座の人のグラスにも注目しておくとか」

里央は若いが、聡い女性だ。彼女と話していると、その言葉の端々から、思慮深さや心遣いが伝わってくる。

「あとは宴席の後に、お礼状を送るのもいいかもしれませんね」

「そう、だな。考えておくよ」

ただ優秀なのとは違う。里央には思いやりがあるから、助言も決して嫌味じゃない。畏まっておらず、自然体で、武昭を優しく包み込んでくれるようだ。

やはり、華絵に似ている。

姿形は全然違うのに、里央に笑顔を向けられると、懐かしさを感じてしまう。

これはなんなのだろう？

言葉では言い表せない、温かな感情。

未経験の感覚に戸惑うが、不思議と心地よくもある。

いつしか里央の一挙一動を目で追っていた。彼女は視線が交わるたび、不思議そうに微笑んでくれる。

心を奪われている。きっとこれが、そうなのだ。

胸に溢れる知らない感情が、ただひとつの答えをぼんやりと示している。

しかし武昭はそこから目を逸らしていた。

直伸を許しても、鮫島という家を許すつもりはない。許せるはずもないのだ。

武昭は揺れる気持ちを振り払い、再び書斎の掃除に没頭したのだった。

＊

全ての国会議員は、常任委員会のひとつに必ず所属する決まりだ。

武昭は民法改正に関わる法務委員で、土日以外は本会議か委員会に出席している。人気が高いのは予算委員会で、理由はテレビ中継されるからだった。質疑応答する姿が放送されれば、活動を支持者にアピールできると考えているのだろう。そういう邪なことを考える連中がいるために、政治家が信用されないのは残念に思う。

「顔色が優れないが、大丈夫かい？」

委員室を出たところで、武昭は同じ党の板橋孝一から声を掛けられた。直伸が亡くなったときも親身になってくれ、武昭の立候補にも力を尽くしてくれた恩人だ。

「ご心配をお掛けして、申し訳ありません。少し寝不足なだけです」

書斎の掃除には時間が掛かったが、それでも夕方には完了し、里央はいつも通り帰っていった。整理整頓された室内は快適で、以前に比べずっと能率も良い。

満足はしているものの、なぜか里央の姿が頭から離れなかった。

眠れなかったのもそのせいで、ベッドに横たわりながら、時を刻む秒針の音を聞いていた。瞼を閉じても、里央の笑顔が蘇ってくるのだ。

未知の感情に胸がざわめくけれど、決して不快ではなかった。むしろ心地よく、このまま流れに身を任せたい思いに駆られた。

こんなことは今までなかった。

女性を遠ざけてきたのは武昭の意志だが、そもそも誰かを特別だと感じたこともなかったのだ。少なくとも直仲が自らの半身だと表した、華絵のような相手に出会ったことはなかった。

自分には恋愛的な情がないのだろう――。

それを不幸だとは思わなかったし、悩んだこともなかった。

職業柄身辺が綺麗であることは歓迎されるし、鮫島家の悪しき慣行にこれ以上誰も巻き込みたくはなかった。

だから余計に戸惑っている。甘美な熱と揺らぎに翻弄され、身体の奥から込み上げてくる昂ぶりに意識が持っていかれる。

焦がれるとは、このことなのだろうか？

これほどまでに、自分では制御できないものなのだろうか？

湧き上がる疑問に答えを出せないまま、なんとか誘惑に打ち勝てたと思ったら、いつの間にか夜が明けていたのだ。

「先週末も地元の挨拶回りをしていたんだろう？　時には秘書に任せたらどうだ」

こちらを案ずるような孝一を見て、武昭は慌てて否定した。

「いえ、この土日は自宅で書類整理を」

孝一は意外そうな顔をしてから、穏やかに微笑む。

「そうか、まぁ無理はするな。若いからといって、油断は禁物だよ」

直伸のことを、暗にほのめかしているのだろう。義理を欠くことができず、気配りばかりの人生が、彼を追い詰めたと思っているのだ。

事実直伸の口癖は「地元を大事にしろ」だった。秘書を通じてではなく、直接会って声を掛けることが、政治家のあるべき姿だと考えていたのだと思う。

「お気遣いありがとうございます。板橋さんこそ、いつも精力的に活動されているじゃないですか。来月は自費で、北欧に視察に行かれるんでしょう？」

「あぁ、あちらは子育て支援制度が充実しているからね。親の就労の有無にかかわらず保育園に入れるし、医学的障害のある子どもには特別な教育システムもある」

一時期は大きな社会問題だった、待機児童数は大幅に減少したが、保育内容の質の向上や、保育士の待遇改善など課題はまだまだ多い。

孝一には孫がおり医師でもあるため、産前・産後ケアの拡充や医療的ケア児への支援など、子育て政策には並々ならぬ情熱を持っているのだ。

「私は鮫島君と違って、語学が堪能でないから、少し不安だけどね」

「お褒めにあずかり光栄ですが、それほどでもありませんよ」

「謙遜しなくていい。各国の要人とも流暢な英語で渡り合っていただろう？ 記者は写真を撮りたがっていたんだから、断ることもなかったのに」

「僕は良くも悪くも目立ちますから」

「これ以上格好いいイメージがつくと困る、かい？」

返答に窮する武昭に、孝一がからかうように笑った。

「君は外見で得もしているが、損もしているものな。週刊誌には、イケメン議員なんて書かれるし。本当の君は、党内の若手じゃ一番の政策通なのに」

尊敬する孝一に褒められると、悪い気はしない。武昭は少し照れながら、はにかんで答える。

「政治家の仕事は、法律を作ることだと思っていますから」

「確かにな。役人は法律の枠内でしか、発想できない。もし法律が邪魔をしているなら、新しい法律を作ればいい」

武昭は深くうなずき、非難がましく言った。

「僕は政策立案や法案質問の作成を、秘書に丸投げする議員がいるのが信じられません。一体なんのために政治家になったのか」

「ハハハ、そういう連中はすぐにわかるよな。原稿を誤読したり、句読点がおかしかったりして、流暢さに欠けるから」

「あと本会議中の居眠りも、どうかと思いますよ。事前に質問内容は通達されますし、原稿も配布されますから、緊張感がなくなるのはわからなくもないんですが」

「まぁ本会議は、確認の儀式みたいなものだからね」

孝一は武昭の苦言に理解を示しつつも、真面目な顔で続けた。

「その裏で各委員会が審議を尽くしていることを、国民には知って欲しいと思うよ。一時法案は百本以上提出されるし、どんなに真面目な議員でも全て把握はできない。一時の感情論で、政治に不信感を持たれるのは寂しいね」

マスコミが揚げ足とりのような報道をしているのは事実だし、それを国民が鵜呑みにするから、余計に政治家の印象は悪くなってしまう。

恐らく里央もそうだったのだろう。最初の頃の彼女には、政治に対する根深い忌避(きひ)

感があった。あのときちんと向き合ったからこそ、彼女も心を開いてくれたのだ。

「おっしゃる通りですね。嘆いているばかりじゃなく、自分を律して、日々の行動にこそ注目してもらえるような議員にならなくてはいけません」

「君のような若い議員が、そういう意識を持ってくれるのは、本当に頼もしいよ。これからも頑張ってくれ。もちろん、無理はしないでな」

孝一に肩を叩かれ、武昭は「はい」と力強く返事をしたのだった。

*

週末はずっと地元に帰っていて、里央に会ったのは一ヶ月ぶりだった。もちろんその間も、彼女はきっちり仕事をしてくれている。

「久しぶりですね。お仕事、忙しかったんですか？」

里央に笑いかけられると、胸の奥が蕩けるように甘く疼く。

喜びと切なさが胸に溢れ出し、言葉が喉元につかえて出てこない。

滑らかな漆黒の髪やバラ色の頬、柔らかそうな唇。里央の全てに心が奪われ、触れてみたいという欲望に気づく。

まさか、そんな——。

自分でも信じられないが、気持ちに嘘はつけない。里央を前にすると、感情が揺さぶられ、制御できないほどだ。

「どうかしました？」

里央が首をかしげ、彼女に見入ってしまっていたことに気づく。まるで自分らしくない態度に、苦笑しながら言った。

「ぁ、あぁ、意見交換会や視察が立て続けにあってね」

「へぇ、どんなところに視察へ行かれたんです？」

里央が感心しているような、興味を持ってくれたような感じで尋ねる。武昭はもらった資料を見せつつ説明を加える。

「今回はシングルマザーを支援する、ＮＰＯ法人を視察させてもらったんだ。生活必需品の配布や無料相談窓口も開設されていて、すごく勉強になったよ」

「視察っていうと海外派遣が問題になってますけど、ちゃんとした視察も多いんですね。こういう事例も、きちんと報道してくれればいいのに」

資料に目を通しながら、里央が武昭の肩を持ってくれる。彼女が彼の仕事を理解しようと努めてくれるのが、とても嬉しい。

「まぁね。資金面での課題や母親の就労問題等も聞いたし、報告書にまとめて、国会でも取り上げていけたらと思っている」

「私の母親も、そういう団体には随分助けられたみたいなので、国のほうでもいろいろな支援制度ができていけばいいですね」

そう言えば、里央の家も母子家庭だった。詳しく話を聞きたいが、あまり踏み込んだ質問はできない。

武昭が言いよどんでいるのを見てか、里央が自ら口を開いた。

「うちは死別だったんですよ。だから遺族年金をもらえたのが、ありがたかったみたいです。短時間勤務中は給与も下がるので」

「お仕事は何を？」

「教師です。母はまだ恵まれていたほうだと思いますよ。安定した職業もあって、認可保育所にもすんなり私を預けられたようですし」

シングルマザーについて語られるとき、貧困問題は避けては通れない。正社員になれず、非正規雇用のまま生活が安定しないケースが多いからだ。

「それでも大変なことはあっただろう？」

「やっぱり私が病気になったときですね。実母や義母は遠方に住んでいて、保育園にも預けられなかったと言ってました」

乳幼児の急な発熱はよくあることだ。

しかし保育園はあくまで、子どもを預かる施設。園内に感染症が蔓延することもあるので、病気の子どもが断られるのも仕方がない。

「そういうときは、ＮＰＯ法人の病児保育や地域の互助活動が、すごく助かったみたいです」

「病児保育については、まだ課題が多いな。国でも予算は取っているが、専門の施設がない自治体もあるし」

「求められてるはずなのに、改善が進んでないのはなぜですか？」

「やはり事業運営の見通しが立てづらいからだと思う。子どもの病状が良くなれば、予約をキャンセルするわけだし」

「あぁ、なるほど」

里央は合点がいったようだが、すぐに難しい顔をする。

「改めて考えてみると、私たちって、ものすごく社会から助けてもらいながら生活してますよね」

その言葉が出ることが、里央が政治に興味を持ち始めている証拠だろう。異なる意見を素直に受け入れる彼女の姿勢を、武昭は好ましく思いながら言った。

「子どもを持ったり、親が要介護になったり、ライフスタイルが変化すると、より強く意識するようになると思うよ」

「ですよね？　どんな制度があるのか、どこでサポートが受けられるのか、知りたいことがいろいろ出てきますもん」

「その疑問に答えるものを、政治家と有権者が協力して作ってきたんだよ。もちろんこれからだって作っていく。社会の仕組みが感じられると、投票が活きているのがわかるだろう？」

里央の黒目がちの瞳に、新たな光が宿ったように感じられた。視野が広がったのか、返答の声が弾んでいる。

「本当ですね。私、鮫島議員と親しくお話しさせていただけるようになって、すごく良かったです。きっとあとになって、政治に無関心だったことを後悔していたと思うから」

「こちらこそ、感謝しているよ」

もっと他にも言いたいことがあったのに、上手く言葉にできなかった。里央の存在があまりに眩しく、溌剌とした彼女を見ていると、それだけで満たされてしまうようだったからだ。

＊

珍しく美都子が、マンションにやってきた。武昭を心配して、などということはない。彼が風邪で寝込んだときも、自分にうつったら困るからと、看病どころか部屋に様子を見に来ることすらしなかった母親だ。

そんな扱いをされても、幼い頃は母親を求めた。どうしたら美都子に関心を持ってもらえるか、必死で考えたものだ。

勉強も運動も人一倍頑張ったのは、全て美都子に振り向いてもらうため。自慢の息子になれば、きっと彼女も見直してくれると思ったのだ。

しかし美都子の冷たい眼差しは、全く変わらなかった。愛情の欠片も感じられない、あの無慈悲な瞳は決して熱を帯びることはなかった。

「そう」

武昭が満点のテストを渡しても、競技大会の賞状を見せても、美都子は一瞥するだけだった。ひと言「頑張ったね」と言ってもらえればそれで良かったのに。

いや、そんな温かい言葉でなくてもいい。どんなに冷酷でも非情でも、武昭のために言葉を選んでさえくれれば。

しかし、美都子はその手間さえ惜しんだ。一切、武昭に興味がないのだ。

鮫島家の跡継ぎとして以外は。

だから直伸に出生の秘密を聞いたとき、合点がいった。美都子は最初から、母親になる気はなかったのだ、と。

理解はした、納得もできた。しかし、時は既に遅かった。

武昭の心は深い傷を負い、美都子との関係は修復不可能なところまで来ていた。彼女もまた、そのことを知っていたと思う。

お互いに干渉しないことで、ふたりはどうにか均衡を保ってきたのだ。

「何をしに、いらっしゃったんです」

無機質な声で問うと、美都子もまた淡々と答える。

「家政婦の、働きぶりを確認しに来ただけです」

「わざわざ出向いてこられるとは、それほど彼女に信用がおけないのですか？」

なんとなく里央が侮辱された気がして、武昭の声にわずかな怒気が含まれた。彼が美都子の前で憤ることなどないからか、彼女は少し戸惑っている。

「信用がおけるから、あなたの元で働いてもらうことにしたのです。ただ男性のひとり暮らしの家に派遣されるのを、不安がっていたようですから」

そう、だったのか？

武昭はせわしなく視線をさまよわせた。里央は彼にもはっきり意見し、男性を恐れているようには見えなかったからだ。

「彼女は、プロでしょう？　そんなことで不安になど」

動揺が言葉に表れていたかもしれない。美都子は怪訝そうな顔で、こちらをじっと見つめている。

「女性であれば、よく知らない男性と密室でふたりきりになるのは怖いものです。彼女は男性と親しくした経験もないそうですし」

「彼女が言ったのですか？　自分で？」

前のめりになって尋ねてしまい、美都子は目を瞬かせた。こんな感情を露にする武昭を、見たことがなかったからだろう。

「え、えぇ。苦労しているようですし、恋愛どころではなかったのでしょう」

里央への同情の念が、武昭の心に波紋のように広がっていく。確かに彼女の瞳には、疲労の色が見えた。

気がつかなかった、いや気づこうとしなかった。武昭は里央の明るい笑顔や、快活な振る舞いばかりに気を取られていたのだ。

なぜもっとよく、里央の態度に注意を払わなかったのだろう。大きなストレスを抱え、無理をしていたかもしれないのに。

力になりたい。里央のためというより、武昭自身がそうしたいのだ。

里央に寄り添って、安らぎと温もりを与えたい。武昭の前でだけでも、彼女の肩にのしかかる重荷を降ろさせてやりたかった。

「彼女にその、日頃の感謝を伝えるべき、でしょうね?」

美都子が絶句した。

目を大きく見開き、ポカンと口を開けて、息をするのも忘れているみたいだ。

無理もない。こんな形で美都子に意見を乞うことなど、一度もなかったのだから。

武昭でさえ、内心自分の言葉に困惑していた。わざわざ美都子に聞かずとも、自ら判断して行動に移せばいいのだ。これまでずっとそうしてきた。

にもかかわらず、里央のこととなると自信が揺らぐ。彼女に対して間違った振る舞いをしたくないと思っているからだろう。

たとえ美都子に頼ってでも、里央との関係を正しく構築したい。それほどまでに思い詰めているのだ。

「そう、したいのであれば」

明らかに戸惑ってはいたけれど、美都子は答えてくれた。

自分で尋ねておきながら、武昭は驚く。欲しいときに欲しい言葉をもらえなかったことが、親子関係を困難にした一因だったからだ。

なぜ、美都子は答えてくれたのだろう？

心境の変化でもあったのかと思うが、それは武昭にも言えることだった。柄にもなく美都子に問いかけたのは彼が先なのだ。

もしかしたら里央、だろうか？

美都子は先ほど里央を「信用がおける」と表した。家政婦としてだとは思うが、里央の働きぶりに感じることがあったのかもしれない。

武昭だって里央の気配りや優しさには、何度も胸を打たれた。美都子が同じように感じたとしても不思議ではない。

「食事にでも、誘ったらいかがです？」

思いがけず美都子から提案があり、武昭は苦悶の息を吐いた。

簡単に言う。いや確かに難しいことでもないはずだが、武昭にとってはそうたやすくはないのだ。

会社員時代も政治家になってからも、公の場では自制心を強く持ち、名誉を重んじて冷静に対処してきた。

しかしプライベートで女性を食事に誘ったことは一度もない。

完全に未知の領域で、どういう振る舞いが男らしいのか、好感度が高いのか、皆目見当が付かない。

「警戒、されませんか」

「脈絡もなく突然誘えば、そういうこともあるかもしれませんけれど」

いつの間にか美都子は落ち着きを取り戻し、普段通りの声色で続ける。

「きちんと理由を伝えればいいでしょう。ざっくりと日頃の感謝というよりは、具体的な例を出したほうがいいでしょうね」

「具体的、とは？」

「あなたが感謝したいと思えるような、何かがあったのでしょう？　それをそのまま伝えればいいのでは？」

里央に謝意を示そうとすれば、いくらでも思いつく。

家事仕事についてはもちろん、里央の朗らかな笑顔に日々和まされ、彼女の素直な意見には、いち政治家として気づかされることも多い。

たかが食事だ。変に取り繕おうとするのがおかしいのだろう。もっと気軽に誘えばいい、きっと皆そうしている。

「場所は、無難にホテルのレストランで構いませんか？」

「彼女はそういう場だと緊張するでしょう。もう少し気の置けないお店のほうが、良いと思いますけれど」

美都子の言う通りだ。今回は議員仲間との意見交換や、記者から情報収集するわけではない。若い女性を楽しませることを、念頭に置くべきだろう。

「わかりました。では適当に見繕っておきます」

武昭の答えを聞いて満足したのか、美都子は帰り支度を始める。

「もうお帰りですか」

「長居して迷惑になってもいけませんからね。この辺りで失礼します」

そそくさと帰った美都子を見送り、武昭はスマートフォンを手に取った。

「どう、伝えればいい……？」

コミュニケーションアプリを開くものの、ひと言も打ち込めずに画面を閉じた。

里央のことを考えただけで、胸の奥が甘く疼く。他の女性ではなかったことで、彼女だけが特別なのだと思い知らされる。

だからこそ、気持ちを伝えるのが怖い。どんな風に、何を表現すればいいのかわからないのだ。

武昭は再びアプリの画面を開き、里央の連絡先を見つめた。

「ただディナーに誘うだけだ」

自分に言い聞かせるように独りごち、武昭はおもむろに文字を打ち始めた。

もし迷惑でなければ、と打ってから武昭は手を止める。

こんな曖昧で弱々しい誘い方は、武昭らしくない。里央の気持ちや状況を慮る(おもんぱか)のは大事だが、彼女だって返答に困るだろう。

武昭は書斎へ行き、椅子に深く座り直した。改めてスマートフォンと向き合い、一度打ったメッセージを消して言葉を選び直す。

先日は母子家庭で育った当事者として、貴重な意見をありがとうございます。

御礼もかねて、ぜひ一緒に食事をしたいのですが、ご都合はいかがですか?

数十分も考えたわりに、あっさりしたメッセージだ。

だが、これでいい。里央には畏まらず、軽く受け止めてもらいたかった。

武昭は意を決して、送信のボタンを押した。あとは里央の返事を待つだけだ。彼は椅子の背にもたれ、静かな安堵と達成感に身を任せていた。

*

里央から返信があったのは、一日ほど経った頃だった。誘いへの感謝と、希望の日時がいくつか上げられていた。

全て平日の夜だったのは、武昭が地元に帰ることを気遣ったものだろう。彼は木曜の夜を選び、今日がその日だった。

武昭は路地裏で、何度も時計を確認していた。約束の時間までまだなのに、気持ちが急いているのだろう。

随分と冷たくなった風が頬を撫でるが、武昭は寒さを感じなかった。心臓が早鐘のように鳴り、彼の身体を熱く燃えさせている。

里央を思うと、いつもこうだ。

胸の奥がちりちりと痛み、苦しいのにどこか心地よくもある。経験したことのない感情に戸惑うけれど、今はこの不安と期待に全てを委ねていたい。

横断歩道の向こうで、キョロキョロと周囲を見渡す女性がいた。里央だ。

その瞬間、武昭の胸がドクンと跳ねた。彼が往来に半身を出して軽く手を上げると、里央が駆け足で近づいてくる。

「お待たせしました」

里央は黒いボウタイのサテンワンピースを着ていた。いつもポニーテールの髪が下ろされ、サラサラと艶やかに揺れている。

その姿があまりに美しくて、武昭は一歩踏み出すのを躊躇ってしまった。想いが溢れ出し、反射的に里央を抱きしめてしまいそうだったからだ。

武昭は深呼吸し、心を落ち着かせてから、ゆっくりと口を開く。

「よく似合っている」

里央は瞬時に頬を染め、パッと視線を逸らした。

「ありがとうございます。こういうドレスは初めてなので、上手く着こなせているか心配だったんです」

「今日のために、新調してくれたのか？」

特別な時間だと、里央も思ってくれているのだろうか。武昭の胸に喜びが沸き起こるが、彼女はなぜかまごついている。

「え、っと、そんなところです」

歯切れの悪い答えだったが、武昭にとっては些細な問題だった。里央が今日、彼のためにお洒落をしようとしてくれたことが、たまらなく嬉しい。

「フレンチは、好きか？」

「あ、その、好きと言えるほど、食べたことがなくて」

恥ずかしそうに身体を小さくする里央を見て、武昭はいらぬことを聞いたと思った。財力を示すつもりはなかったのに、彼女を萎縮させてしまったらしい。

「すまない。それほど畏まった店じゃないから、気楽に食事を楽しんでくれ」

武昭は落ち着いた佇まいの、隠れ家的な店に向かった。季節の花をあしらったのれんをくぐると、木目の美しいカウンターが客を待っている。

会員制で気心の知れた人しか来ない店だが、L字になったカウンターの一番奥、人目に付きにくい席を予約してある。

「あの、フレンチなんですよね？」

里央が小声で尋ね、武昭は安心させるように微笑む。

「ここの店は、ジャンルにとらわれていないんだ。軸はフレンチだけど、和の風情も相まって、唯一無二の料理が味わえる」

前菜は秋刀魚（さんま）のマリネだった。少し苦みのある内臓のソースが、どこか懐かしさを感じさせる。

「どう?」

「美味しいです。お箸で食べるフレンチって、面白いですね」

上品に盛られた料理を前にして、里央の瞳は輝いている。武昭はホッとして、食事を楽しむことに集中する。

スープは唐津の器で提供され、コチと松茸が入っていた。

一見和食そのものだが、香り付けにフェンネルが使われていて、味わいはまさしくフレンチのそれだ。

「このスープ、旨味が溢れてますね。とろっとして飲みやすいです」

「吉野葛が使われているんだろう。俺も初めて食べたが、美味いな」

里央はスープを掬う手を止めて尋ねる。

「いつも同じ料理じゃないんですか?」

「そのときの仕入れで、メニューは変わるんだよ。割烹のライブ感を、フレンチに活かしたいんだそうだ」

「それならいつ来ても、新鮮な気持ちで楽しめますね」

だからまた来よう、という言葉は呑み込んだ。まだ早すぎる。

今日でさえ、意見をもらったという、口実を用意しないと誘えなかったのだ。なんの理由もなくそんなことをすれば、里央は引いてしまうだろう。

焦らなくていい。今はこの瞬間を楽しもう。

「喜んでくれているようで、嬉しいよ」

「こんな豪華なディナーは、初めてなので。思い切り楽しもうと思ってます」

里央が顔をほころばせ、勇気を出して良かったと思う。

次に運ばれてきたのはカンパチだった。強火で一気に焼いているからか、中心はレアなのに皮目はパリッとして香ばしい。

「めちゃくちゃジューシーですね。でも全然生っぽくなくて」

「温度が決め手なんだろう。魚の水分を絶妙に閉じ込めてあるんだ」

「こんなお店が行きつけだなんて、やっぱり政治家って感じですよね」

皮肉のつもりでないのはわかるが、胸がズキッと痛む。住む世界が違うと言われているみたいだったからだ。

「それほどでもないよ」

「何言ってるんですか。こちらだって、会員制のお店なんでしょう？　普通の人はなかなか来られませんよ」

里央の言う通りかもしれないが、武昭は素直にうなずけない。彼女との間に隔たりを感じたくはないのだ。

「庶民感覚がないと、言われているみたいだな」

嫌な言い方だった。こんな話がしたいわけではないのに。

里央は案の定うなだれて、小さな声で「すみません……」と言った。フォローしたいのに、どう言えばいいかわからない。

「鹿肉のローストです」

重苦しい沈黙を破ったのは、シェフのひと言だった。緊迫した空気がわずかにほどけ、武昭は安堵して尋ねる。

「今の時期に、ジビエですか？」

「北海道ではひと足早く、狩猟が解禁されているんですよ。綺麗にサシが入った鹿肉を、炭火でじっくり焼きました。わさびソースで召し上がって下さい」

確かに脂がのっていた。しかし牛肉よりもあっさりしていて、ずっしりと力強い旨味も感じられる。

「美味いな」

里央は言葉も出ないようで、コクコクと首を縦に振った。もしかしたら、鹿肉を食べたのも初めてなのかもしれない。

武昭と里央の間には、どうしたって壁はある。それを認めることから、始めるべきなのだろう。彼女にとって、彼は雇用主でしかないのだから。

「あー、お腹一杯です。今のお料理で最後ですか?」

満足そうに里央が微笑み、その笑顔に武昭は許された気がして胸を撫で下ろす。この程度の会話のすれ違いでさえ、彼女を傷つけたのではと怖くなる。

里央の存在が、武昭の中で日増しに大きくなっているせいだ。今だって彼女の表情から、どうにか気持ちを知ろうと必死で、そんな自分が不思議と愛おしい。

これまで冷静沈着であることは、仕事においては常に良い影響を及ぼしてきた。でもそこにときめきや情熱はなく、心をなくして生きてきたとも言える。

里央といると、自分が孤独だったと思い知らされるのだ。

「いや、締めはいつも土鍋ご飯と決まっているんだ」

武昭が答えたと同時に、秋鮭とキノコの炊き込みご飯が運ばれてきた。ほんのりパセリの風味がして、バターの味わいが鮭とよく合う。

「熱っ、んー美味しい! 満腹なのに、どんどん食べちゃいますね」

その言葉通り、里央の箸は進んでいる。こんな姿を見ると、欲が出る。

決して邪なものではなく、清らかで自然に導かれるようなものだ。

ただ里央を喜ばせたい、一緒に過ごしたい。もっともっと――。

「よければまた、食事に行こう」

湧き上がる感情のまま、するりと言葉が出た。今日のディナーに誘うために、あれほど時間を掛けてメッセージを送ったのに。

里央の瞳に一瞬浮かんだのは、相反する感情のように思えた。喜びと困惑。何かを内に秘めて、葛藤しているのが伝わってくる。

「もちろん無理に、とは言わないが」

「いえ無理ではないんです。そういうことじゃなくて」

ならばどういうことなのか。聞きたいが聞けない。仮に尋ねたところで、里央が打ち明けてくれるとは思えなかった。

「誘いには、乗ってくれるということか？」

随分と大胆な発言だった。でも迷うより、一歩踏み出したかった。拒絶されていないなら、先へ進みたい。

「えぇ、はい」

どこか煮えきらないけれど、紅く染まった頬を見れば、里央が嫌がっていないのは伝わってくる。

「じゃあ来週、地元に同行してくれないか」

胸に満ちた熱い想いに突き動かされ、武昭は自分でも驚くようなことを口走っていた。まだ早い。一度食事をしただけで旅行なんて。頭ではわかっているのに、もう後には引けなかった。

「観光PRイベントがあるんだが、客観的な意見が聞きたいと思っていたんだ。旅費は全て俺が持つから、ただついてきてくれるだけでいい」

里央でなければ、こんなことは言わない。彼女が相手だからこそ、順序をすっ飛ばしてでも、距離を縮めたかった。

「わかり、ました」

武昭は思わず、里央の顔を二度見した。こんなにすぐOKの返事をもらえるとは思っていなかったのだ。

「いいのか？　もう少し考えてからでも」

「いいえ、大丈夫です。お供させていただきます」

里央の答えは、最初から決まっているように感じられた。まるで拒否権などないかのようだ。瞳は動かず、表情も強ばり、顔色もどこか青ざめている。

少なくとも、武昭の誘いを喜んでいるようには見えない。

ならばなぜ受け入れてくれたのだろう？

理由はわからず違和感もあったが、里央と過ごせる喜びが何より大きく、それ以外は全て些事に思えた。

きっと緊張しているのだろう。武昭はそう都合良く解釈して、固く握られた里央の手から、血の気がなくなっていることにも気がつかなかった。

# 第三章　ご依頼は、達成したと思えますから

武昭とのディナーから戻り、里央は美都子から贈られたワンピースをハンガーに掛けた。彼との関係を深めて欲しいと言われてはいたが、まさか着ていく洋服まで支給してくれるとは。

あの店に相応しい服など持っていなかったから、正直かなり助かったけれど、美都子の耳の早さには恐れ入る。きっと今頃、計画が順調に進んでいると、ほくそ笑んでいることだろう。

確かに上手くいっている。美都子の思惑通りだ。

しかしこの展開の速さに、里央は戸惑ってもいた。家政婦の仕事を始めたときは、目すら合わせてもらえなかったのに、彼女の何が武昭の心を動かしたのだろう。どちらかというと、彼を怒らせるようなことばかり言った気がするのだが。

食事の誘い自体は、素直に嬉しかった。

多少力が入りはしたけれど、料理は美味しかったし、飲酒を強要されることもなく、帰りも紳士的に送ってもらえた。

ただ旅行に誘われたことだけが、想定外だった。

女性を一切寄せ付けない男性にしては、あまりに積極的すぎる。もちろん武昭にとってはは仕事の延長で、特別な意味はないのかもしれないけれど。

里央にしてみれば、恋人でもない男性と宿泊込みで出掛けるなんて、驚天動地の大事件だ。武昭を信用していないわけではないが、やはり身の危険は感じる。

「どうしよう……」

行くと言っておいて何を今更という感じだが、あのとき断る選択肢などなかった。あそこで誘いを拒絶すれば、武昭の女性不信を悪化させたかもしれない。せっかく築いた良好な関係が、崩れてしまうかもしれなかったのだ。

やはり安易に引き受けるべきではなかったのだろう。

女性に興味がない男性だからと安心していたけれど、武昭が里央に関心を持ってしまったのだとしたら、もはやただの男と女だ。

旅先で何かあったとしても、成人した男女の自己責任ということになる。

おまけに美都子はそれを期待している。脳裏に彼女が書いた数字が浮かび、里央は強く頭を振った。

違う、そういうことじゃない。

今大事なのは、里央自身の気持ちだ。お金じゃなく、武昭をどう思っているのか。男として彼に何を感じているのかということだ。

最初は確かに、美都子の言う通りの人だった。とっつきにくく冷たく、何を考えているのかわからなかった。

態度が軟化したのは、夕食を作ったときからだろうか。本音で話してみると、武昭はただ仕事に熱心な、責任感の強い魅力的な男性だった。

――魅力的？　自分の中から湧いてきたのに、その言葉の選択に驚く。

武昭に魅力を感じている、のだろうか？

もちろん表面的な格好よさや地位、財力だけを見ても、ほとんどの女性が武昭に魅力を感じるのはわかる。

しかし里央にとってそれらは、魅力というより、ただのスペックでしかない。大事なのは、武昭に人としての魅力があるかどうかだ。

そして里央は実際に武昭の言葉や態度に惹かれ、愛おしいと思ってしまっている。いつの間にか彼女の中に、彼への恋心が芽生えていたのだ。

「うそ」

里央は熱を持った頬を両手で包み、その場にぺたんと座ってしまった。

武昭に恋をするなんて思わなかった。里央にとって彼は、あまりにも遠い存在だったからだ。

政治家という職業自体、里央には縁がなく、テレビの中の出来事という感じがしていた。しかし武昭と会話し、彼の志（こころざし）を知り、その努力を目の当たりにすれば、応援したいという気持ちしかなくなった。

ただ武昭の力になれればと思っていたけれど、気づいてみればそれは政治家としての彼ではなかったのかもしれない。

武昭個人を大切に思うからこそ、助けたいと思っていたのだ。

胸が痛い。こんな気持ち、自覚したくなかった。

どう考えても、格差がありすぎる。

美都子だって正式なパートナーとして、里央を選んだわけではないのだ。

武昭が里央を求めてくれても、ふたりの関係に幸せな未来なんて待っていない。そう思うと、この恋の儚さに胸が締め付けられるのだった。

*

昨晩はあまり眠れなかった。

ディナーデートをして、旅行に誘われて、本当なら恋が始まる予感に胸をときめかせる時期だが、里央の前には非情な現実が立ちはだかるだけ。

最初はお金のためと、割り切って仕事を受けた。武昭が里央のような普通の女性に、興味を持つはずがないと高をくくっていたのだ。しばらく勤務したら「力及ばず申し訳ありません」と言って、辞めることになるだろうと思っていた。

こんなに順調で、里央までが武昭に惹かれてしまうなんて――。

美都子が懸念していた武昭の女性不信は、ほぼ改善されたと言っていい。

つまりこの先どうなるかは、わからないということだ。何もかもが未知数で、どちらかが一歩踏み出せば、瞬く間に均衡が崩れてしまう危うさがある。

いっそ家政婦の仕事を、辞めてしまおうかとも思った。里央は十分な働きをしただろうし、美都子が辞意を拒否する理由もないだろう。

しかし里央自身が、武昭と離れたくないのだ。

どうせいつかは訪れる別れなのに、もう少しだけこの幸せに浸っていたかった。実際にその日が来るまでは、未来から目を背けていたかった。

叶わぬ夢にすがる自分を、愚かだと思う。でもそんな選択をしてしまうほど、武昭に恋をしているのだとも思うのだ。

　ピーッというブザーが、コピーの完了を教えてくれた。

　里央は書類の束を抱え、課長の席に向かう。初恋の予感に翻弄されながらも、どんなに睡眠不足でも、出社して働かないわけにはいかないのだ。

「コピー終わりました」

「ありがとう」

　顔を上げた課長のネクタイに、ご当地キャラクターがプリントされている。そう言えば彼は、武昭と同郷だった。里央はふと思い立って尋ねる。

「今度課長のご出身方面に旅行に行くんですけど、見所ってありますか？」

「え、そうだな。あまり観光ってイメージはないんだけど……。鮫島グループ発祥の地だから、戦前は県内屈指の都市だったらしいけどね」

「最近は違うんですか？」

「鮫島の経営戦略も変化して、創業地の役割も小さくなってるからね。地方はどこもそうだけど、経済力は低下してるんじゃないかな」

　武昭はそういう現状を憂えているのかもしれない。だからこそ積極的に地元に帰り、自分にできることをやろうとしているのだろう。

里央にとっては半分旅行という認識だったが、武昭はきっともっと真面目に考えている。切実に観光をPRしていこうと思っているのだ。

「ごめんごめん、ネガティブな話ばっかり」

課長が謝ったのは、里央が考え込んでいたからだろう。彼女は手を左右に振り、明るく言った。

「あぁいえ、急な質問で申し訳ないです」

「近隣には景勝地もあるし、自然は豊かだから、アクティビティは充実してると思うよ。フルーツとかスイーツも人気だし」

「そうなんですね。せっかくなので、いろいろ回ってみます」

「うん、楽しんできてね」

課長はにっこり笑ってくれ、里央は旅行への認識を改めた。

最初から武昭は地元に同行してくれと言っている。旅行だなんて思ったのは、里央がどこかで恋にのぼせ浮かれていたせいだ。

こんな気持ちではいけない。あくまで仕事なのだから、それ相応の準備をして、武昭の期待に応えなければ。

里央は気を引きしめ、自分の席に戻ったのだった。

＊

「スーツで来たのか？」

空港の待ち合わせ場所に現れた武昭は、里央の姿を見て開口一番言った。彼はキャメル色のパンツにグレーのケーブルニット、テーラードジャケットを羽織っており、プライベートの旅行のような格好だ。

「視察の同行とお聞きしたので」

里央は武昭のカジュアルな姿に戸惑いつつ、困った笑みを浮かべた。武昭のほうも苦笑いしている。

「いやまぁそうだが。道中それじゃ疲れるだろう？」

「大丈夫ですよ。あんまりラフな格好で、失礼になったらいけませんし」

「今日は物見遊山(ものみゆさん)みたいなものだよ。観光PRイベントは明日なんだが、PR対象を知らないのはどうかと思ってね」

だから一泊二日を予定してくれたのか。武昭の心遣いを全くわかっておらず、里央はすぐに謝罪する。

「すみません……」

「いや、詳しく説明しなかった俺が悪かった」

武昭は少し考えてから、溌剌とした声で言った。

「よし、買いに行こう。幸い空港にもブティックはある」

「え、でも」

「いいから。俺が誘ったんだ、プレゼントさせてくれ」

空港で服を買う人なんているのかなと思っていたが、こういう場合に利用されるらしい。高級セレクトショップに並ぶ洋服は、どれもこれも、彼女が今着ている三点セットのスーツより高い。

里央が値段を見て尻込みしていると、武昭が店員にアドバイスを受けつつ、適当に見繕ってしまった。ヘリンボーン生地のツイードパンツとアイボリーの綺麗めニットは、上品なだけでなく着心地も素晴らしい。

「うん。さっきのスーツよりずっといい」

「あの、ありがとうございます、こんな高いもの」

「そんなに恐縮しないでくれ。無理を言って、君に同行してもらっているんだから」

気まぐれな誘い、でないのはわかる。

武昭ひとりなら公費だが、里央が同行するなら彼女の費用は自腹。本来一日で済むところを、名所観光することで滞在費もかかる。

まさか今日が、美都子の悲願が成就する日になるのだろうか？

不埒な想像を、里央は必死で追い払った。

武昭がそんな気持ちで、里央を誘うはずがないのに。

こんなことを考えてしまうのは里央が恋愛に不得手だからか、もしくは美都子が内心跡継ぎを望んでいると知っているからかもしれない。

もっと純粋な気持ちで、武昭の前に立ちたい。

でもそれは無理な願いだ。歪な出会いを恨んだところで、どうしようもない。

最初からこんな形でしか、巡り会えないふたりだったのだから。

「行こうか」

「は、はい」

いつの間にか機内への案内が始まっていた。里央はモヤモヤする気持ちを抱えながら、搭乗ゲートに向かう。

フライトは二時間弱だった。ちょうど到着のタイミングが合い、ロビーの巨大なからくり時計に迎えられる。

「わぁ、精巧な人形ですね。動きも滑らかだし」

「これは神楽を模しているんだよ。ダイジェスト版ではあるけど、今晩本物を見に行くから、楽しみにしているといい」

自動車を借り、武昭の運転で最初の目的地である峡谷に向かう。

この辺りは南国のイメージがあったが案外寒い。きっとそれも見越して、武昭はニットを選んでくれたのだろう。

古き良き日本の田園風景の中を、一時間半ほど走っただろうか。

岩清水が幾筋もの滝となって注ぐ、V字形の深い峡谷に到着した。火山による溶岩流が川に沿って流れ出し、急激に冷却されてできたらしい。

「なんだか、荘厳な雰囲気ですね。神様の気配がするっていうか」

「八百万の神々が集って、会合をした場所と言われているからね。最近はパワースポットとしても人気があるんだ」

峡谷では貸しボートもあり、滝壺のすぐ側まで行けるようだ。武昭は既に予約してくれていて、眼前に迫る断崖絶壁の側を悠然と漕いでいく。

「すごい、眺め……」

名瀑と言われるだけあって、豪快に水が流れ落ちる様は圧巻という他ない。言葉を失う里央を、武昭は満足そうに眺めている。

「ここは天然記念物に指定されているんだ。渓谷を象徴する場所だね」

マイナスイオンをたっぷり浴びて、次に向かったのは由緒ある古社だった。天孫降臨の神様を祀っているらしく、社殿前にそびえる巨大な杉が目を引く。

「立派な木ですね。樹齢何年くらいだろう」

里央が木を見上げていると、武昭がなぜか照れた様子でうつむいている。周囲の観光客が手を繋ぎ、木の周囲を回っているのと関係があるのだろうか。

「何か、謂れでもあるんですか？」

武昭の顔を覗き込むと、彼はぶっきらぼうに答えた。

「実は大切な人と手を繋いで、木の周りを三周すると、縁結びや家内安全の願いが叶うとされているんだ」

「え、じゃあ一緒に回りましょうよ」

即答したせいか、武昭は拍子抜けした様子だ。里央だって恋愛的な意味を想像しないわけではないが、それを抜きにしてもこの旅の安全を祈っておきたい。

「いいのか？」

「だって縁結びって、ようは良縁ですよね？　女性同士で回ってる方もいらっしゃいますし」

「そう、だな」

武昭が緊張した様子で、そっと里央の手に触れた。彼の手がほんの少し震えているのがわかる。彼女もそれは同じで、勇気を出して彼の手を掴む。

少し大胆だったかもしれない。でも武昭との縁を、固く結んでおきたいのだ。

美都子が何を期待しようと何を望もうと、里央は里央の意志で、武昭との距離を縮め関係を構築していきたい。

ふたりの手が絡み合い、その温もりに胸がときめく。お互いの鼓動が手のひらを通じて伝わり、この瞬間だけは愛し合っているような錯覚さえ覚える。

静かな境内(けいだい)の中に、不思議な安心感が漂っていた。

ふたりは無言のまま、ゆっくりと木の周囲を回る。一回、二回。

えも言われぬ親密さが、里央の全身を巡る。この手を離してしまうことが名残惜しくて、いっそ立ち止まってしまいたくなる。

永遠と思われた時にも、呆気なく終わりが来た。三回目を回り終え、先に手を離したのは武昭だった。里央のほうを見ずに、頬を紅く染めて提案する。

「そろそろお腹、空かないか」

レンタカーで国道沿いを進むと、橋のたもとに道の駅があった。大きな顔のモニュメントが、ふたりを迎えてくれる。

「あれは神楽面だよ。舞い手がつけるんだけど、面自体がご神体で、神の魂が宿っていると言われている」

「県が一丸となって、神楽を推してるんですね」

「あぁ。イベント開催もPRのためなんだ」

「その、今更ですけど、神楽って詳しくはどういうものですか？　神事だってことはわかるんですけど」

無知を晒すのは恥ずかしいが、曖昧なまま神楽を見るのは失礼な気がして、里央は思い切って尋ねる。

「この辺りの神楽は、秋の収穫に対する感謝と、翌年の豊穣を願って行われるんだ。発祥は平安末期とも言われている」

「そんなに昔から？　じゃあ日本の伝統芸能の原点ですね」

武昭はうなずき、里央の瞳を見つめながら優しく質問をした。

「西脇さんは、岩戸隠れって知ってる？」

「確か、古事記の神話ですよね。天照大神（あまてらすおおみかみ）が弟の乱暴に怒り、天の岩戸に隠れたことで、天地が真っ暗になったとか」

「そう。困り果てた神々が岩戸の前で舞い踊るんだけど、まさにその舞いが、ここの神楽の起源だと言われているんだ」

「へぇ、全然知りませんでした」

「見学は誰でもできるし、それほど格式張ったものじゃない。難しく考えなくて大丈夫だよ」

「わかりました、今夜楽しみにしています」

建物の中に入ると、地場産品が並び、奥にはレストランもあるようだ。

先に食事を済ませることにし、里央はご当地メニューのサンドイッチを選んだ。銘柄牛を使ったサクサクのコロッケ入りで、一番人気なのもうなずける。

食後はもちろんショッピング。お土産にクッキーやゼリーを買ったところで、武昭が口を開いた。

「じゃあそろそろ、宿泊先に向かおうか」

わかっていたことなのに、ドクンと心臓が跳ねた。

「はい」

普通に言ったつもりだが、声が上擦(うわず)っていたかもしれない。

意識していると思われただろうか。恥ずかしい。何も期待なんてしていないのに。

ごちゃごちゃ考えていると、いつの間にか旅館に到着していた。

茅葺きの門をくぐると、静謐な空気が漂う。木々の間から木漏れ日が落ち、まるで森の中を歩いているみたいだ。

玄関から建屋に入り、踏み石で履き物を脱いで上がり込む。フロントでは和服姿のスタッフが、お辞儀をして迎えてくれた。

「ご予約の鮫島様ですね。ふた部屋ご用意しておりますが」

「はい、それで問題ありません」

よかった……。やはり武昭は考えてくれていたらしい。

「夕食は早めにお願いできますか？　神社で夜神楽を見る予定なので、その前に食事と入浴を済ませておきたいのです」

「畏まりました、お食事処にご準備させていただきます。入浴もされるのでしたら、ぜひ色浴衣をご利用ください。夜神楽までまだお時間もありますから」

「そうですね。ありがとうございます」

チェックインが済み里央は部屋まで案内されるが、ベッドがふたつ並んでいてビックリする。

「ここって」

「ツインルームでございます」

「ふたり部屋を、ひとりで使うってことですか？」

「のびのびしたいからと、そういうお客様もいらっしゃいますよ。どうぞごゆっくりなさってください」

ゆっくり、できるのだろうか？　かえって落ち着かない気もする。

部屋は広すぎるし、アメニティは高級ブランドのもので、ビールサーバーやエスプレッソマシンまで完備されているのだ。

「それでは失礼いたします」

「あ、はい」

スタッフが去り、里央は備えられていた花柄の色浴衣に着替えた。興奮冷めやらぬまま、部屋の外に出ると格子柄の浴衣を着た武昭が立っている。

「あの、すみません。まさかツインルームを取って下さるとは」

「こういう宿は、シングルルームの設定がないからね。気にするようなことじゃないよ」

武昭は目を細め、わずかに笑みを浮かべて続ける。

「浴衣姿、可愛いね」

口に出した後に恥ずかしくなってしまったのか、武昭は軽く咳払いをし、顔を背けて説明を付け加える。

「女性用の浴衣にデザインされている花は、この地域に自生するものなんだ。ここでしか着られない柄なので人気も高い」

耳まで赤い武昭がチャーミングで、里央は自分の照れを忘れることができた。

「そうだったんですね、浴衣なんて久しぶりで嬉しいです」

里央の落ち着いた声を聞き、武昭も平静を取り戻したようだった。

「じゃあ少し早いけど、食事に行こうか」

夕食が用意されていたのは個室だった。

地産地消を意識しているのか、ご当地牛のステーキやしゃぶしゃぶ、地元で採れたという伊勢海老の刺身が並ぶ。

野菜は今朝収穫したらしく、香り豊かで目にも美しい。

「どの料理も旨味がすごいですね、滋味深いっていうか」

「あぁ。噛みしめるたび、身体に栄養が染み渡る感じがするな」

この土地ならではの素材を最大限活かす調理がされている。武昭はそれを里央にも味わってもらいたかったのだろう。

「素敵な場所ですよね。雄大な自然があって、特産品にも恵まれて」

「そう、だね。俺のホームであることは間違いないし、期待してくれている人達の気持ちには、必ず応えたいと思っている」

どことなく含みのある言い方に、里央は首をかしげつつ言った。

「まさに地元愛、ですよね。私には故郷がないので、羨ましいです」

里央は生まれも育ちも都会だ。夏休みになったら、田舎にある母の実家に帰ったけれど、それはやはり母の故郷だった。地元に帰った母の、息を吹き返したような笑顔を見るたび、地元って良いなと思い続けてきた。

「愛、なんて呼べるような場所ではないかな。そんな温かいイメージじゃない。良い思い出ばかりじゃないしね」

寂しそうな武昭の表情を見て、彼の不幸な子ども時代に思いを馳せる。

故郷に複雑な感情を抱きながら、それでも武昭は政治家になった。足繁く地元に通うのも、結局は責任感以外の何物でもないのだろう。

「じゃあ第二の故郷を作りませんか？」

里央の提案に武昭は目を瞬かせたが、彼女は気にせず続ける。

「子どもの頃を過ごした場所だけが、故郷じゃないですし。人との繋がりが、大切な場所を作ることもありますよね」

「無理だよ。俺は利害関係でしか、繋がれない人間だから」

武昭は哀しく遠い目をして、青ざめた作り笑いを浮かべる。

「家族とさえ、上手くいかなかった。俺には故郷なんて、温かいものは似合わないよ」

「そんなこと」

「孤独が、染みついているんだ。誰かと心を通わせることを、拒絶してきた。多分俺は一生独りだろうね」

「私は、そうは思いません」

逸らされていた武昭の視線が、里央に向けられた。彼は驚いていたようだが、彼女はキッパリと、自信を持って伝える。

「鮫島さんは私に、なんの得もないのに、知識も経験も与えてくれています。私達はちゃんと、繋がってるじゃないですか」

武昭の頬に赤みが差し、表情が緩やかに解ける。

溢れんばかりの笑みが零れ、不安や迷いが消え去っていた。里央を見る瞳が輝き、強ばっていた身体が解放されたのがわかる。

なんて明け透けなのだろう。こちらのほうが照れてしまうほどに、武昭から喜びのエネルギーが迸っている。

「ありがとう」

万感の思いが込められていた。これまで武昭の中で燻っていた、苦しみや痛みが浄化され、たったひと言に凝縮されている。

「御礼なんて、私のほうこそ」

「君と出会えて良かった」

深い愛の言葉で、里央は遮られた。

まるで告白のように思われ、胸の奥がズキンと痛む。

これまでの言葉は全て本心で、何ひとつ嘘は言っていない。言っていないが、武昭は美都子との密約を知らないのだ。

武昭が純粋に里央と向き合ってくれているからこそ、気が咎める。

そうでなくても、ふたりはあまりに違いすぎる。もし武昭が里央を愛してくれても、そして彼女が彼を愛しても、真に結ばれることなんてないのだ。

武昭の晴れやかさとは対照的に、里央の心はどんよりと曇るばかりだった。

幸い里央の気持ちを悟られることはなく、和やかに食事は終わり、大浴場で身体を清めてから、洋服に着替えて神社の夜神楽に向かうことになった。

本式のものは開催時期が決まっており、夜を徹して舞い踊るらしいが、今回見学するのは代表的な部分だけをより抜き、一時間程度で終わるそうだ。

畳敷きの広間には、既に観客が座っている。人気があるのか広間は一杯で、ふたりは中程の席に陣取る。

奥の舞台でいよいよ神楽が始まった。武昭が言ったように岩戸隠れをモチーフにしていて、鈴や扇（おうぎ）を持った神々が多様な舞を披露してくれる。

「どうだった？」

演目が終わり、三々五々帰宅する中、武昭が尋ねた。

「面白かったです！　途中で拝観席に神様が降りてきたのには、驚きましたけど」

まさか観客も参加する形の演目とは思っていなかった。武昭が言ったように全然格式張っておらず、笑い声が起こるほど盛り上がったのだ。

「男神が浮気心を出したという設定なんだよ。楽しんでもらえて良かった。明日のPRイベントでは、神楽のパフォーマンスもあるからね」

だから先に見学させてくれたのだろう。武昭はあくまで仕事として、里央を誘ってくれた。邪な想像をしてしまって、ひどく恥ずかしい。

　事実ふたりが夜を共に過ごすことはなかった。夜神楽が終わったのは二十二時半頃で、すぐに別れて各自の部屋で就寝したのだ。

　翌日は地元秘書の方が、宿まで迎えに来てくれた。武昭が事前に言い含めておいたのか、里央に対して詮索するようなこともない。

「イベントの注目度はどんな感じだ？」

「上々のようですよ。フォトスポットで鮫島先生と記念写真が撮れるとあって、早朝から並んでいる方もいらっしゃるみたいです」

「そうか、提案して良かったよ」

　秘書は前を向いてハンドルを握ったまま、気遣わしげに尋ねる。

「しかし良かったのですか？　まるで客寄せパンダ扱いですが」

　武昭はハハハと笑って答える。

「客寄せパンダ、大いに結構じゃないか。それでイベントに注目が集まるなら、お安いご用だよ」

　里央はふたりのやり取りを隣で聞いていて、武昭の型にとらわれない、しなやかでしたたかな有能さを再確認した。表層的な人気だとわかっていても、それを最大限利用して、地元活性化に繋げようとする姿は素直に格好いい。

海沿いを走る国道をしばらく南下すると、観光PRイベントの会場に到着した。今回の旅の最大の目的であり、スーツ姿の里央も気を引きしめる。

「本日はよろしくお願いいたします。鮫島先生がいらっしゃると、来場者数も倍増しますから。本当にありがたいですよ」

「そう言っていただけると、来た甲斐があります。お手伝いできることがありましたら、なんなりとおっしゃって下さい」

知事や市長、地元の新聞記者などが、次々と武昭に挨拶に訪れる。彼は普段とは違う政治家の顔をしていて、誰とでも気さくに話をしていた。

武昭は利害関係だけだと言ったけれど、決してそんな風には見えない。偉ぶることもなく、真摯に対応しているのがわかる。

「こちらは秘書の方、ですか？　鮫島先生が女性連れなのは、珍しいですね」

スタッフに尋ねられ、武昭はにこやかに答える。

「えぇ。今後、大いに戦力になってくれると、期待している人なので」

里央はただの家政婦だ。仰々しい紹介の仕方に戸惑いながらも、彼女は慌てて頭を下げた。

「よろしくお願いいたします」

「こちらこそ、よろしくお願いいたします。鮫島先生がここまでおっしゃるんですから、さぞかし優秀な方なんでしょうね」

「いえ、私なんてまだまだです。本日は勉強させていただきます」

まるで周囲を騙しているような罪悪感があったが、武昭は里央の受け答えを満足そうに眺めている。

いよいよイベントが始まった。

ステージで開会式が行われ、知事や市長に交じって武昭も軽く挨拶をする。

少々堅苦しかったのはそこまでで、ご当地キャラクターが登場してからは、子ども達が歓声を上げ、一気にお祭りらしい雰囲気に変わった。

地元紹介をするブースでは、昨日見た神楽はもちろん、カヌーやカヤックなど、ウォータースポーツのパンフレットも用意されている。

新鮮な地場産品を使った飲食コーナーでは、地鶏もも肉の唐揚げやブランド豚のローストポーク、地元のフルーツを使ったジェラートやジュースなど、料理だけでなくスイーツ系も充実していた。

来場者に楽しんでもらうための工夫がそこかしこに感じられ、武昭もフォトスポットに待機して、求めに応じて記念写真を撮っている。

「盛況ですね。これは成功と言っていいのでは？」

人の流れが途切れたのを見計らって里央が尋ねると、武昭も力強くうなずく。

「そうだな。去年より来場者数は多そうだ。今回はＳＮＳの告知に力を入れたから、その影響もあるのかもしれない」

誇らしげに微笑む武昭を見れば、今回のイベントに手応えを感じているのがわかる。里央が何か手助けをしたわけではないけれど、そんな彼の姿を見ていると、こちらまで気持ちが明るくなるのだった。

＊

「あら、珍しい」

実家に帰った里央がお土産を取り出すと、祐子が目を丸くした。里央は苦笑しながら、道の駅で買ったフルーツゼリーを渡す。

「ごめんね、いつも手土産もなく帰ってきて」

「違う違う、驚いちゃっただけ。このゼリー、この辺じゃ買えないものでしょ？　旅行に行く余裕があるとは、思わなかったから」

　里央はドキッとして、しどろもどろになってしまう。

「これは、えっと、家政婦の仕事で、雇用主の人が出張に行くから、つまりその、仕事のお供というか」

「家政婦をわざわざ、出張に連れて行くわけ？」

　祐子の疑問はもっともで、里央はますます返事に窮する。

「ほら、良家の息子さんだから。身の回りの世話をして欲しいって、頼まれたの」

「秘書みたいなこと？」

「うん、まぁそんな感じかな」

　武昭も周囲にそう説明していたし、間違いではない。祐子は一応納得したようだが、まだ首をかしげている。

「一体なんの仕事をされているの？」

　国会議員だと言えれば簡単だが、祐子は政治家に良い印象を持っていない。正直に話せば、かえって余計な心配をかけてしまう。

「公的な、その、支援をするみたいな仕事よ」

「何それ、公務員？」

「だと思うよ」

多分国会議員も公務員じゃないだろうか。自信はないが、祐子はそれ以上追求せず、質問の方向を変える。

「若いの?」

「そんなこと聞いてどうするの?」

「そりゃあもちろん、里央のお相手としてどうかなと」

祐子が大真面目に言うので、里央はちょっと笑ってしまう。

「嫌ね、私みたいな家政婦が、相手になるわけないでしょ」

「あら、わかんないわよ。そういうロマンス小説あるじゃないの」

「それはフィクションじゃない。現実にはあるわけないわ」

自分で言いながら、里央は密かに傷つく。そう、彼女は本当の相手じゃない。武昭が女性を受け入れられるようになれば、お役御免なのだ。

そんなことは、わかっている。わかった上で仕事を受けたのだ。

なのにどうして、こんなに辛いのだろう。武昭との距離が縮まれば縮まるほど、彼への思いも深くなっていく。これ以上好きになりたくないのに、彼の存在がどんどん大きくなって、里央の心を支配しようとするのだ。

「まあ冗談はさておき」

里央の苦悩も知らず、祐子は安堵したように続けた。

「元気にしてるならいいわ。表情も明るいし、毎日充実してるのね」

「え、そう？」

祐子からそんなポジティブな言葉をもらえるとは思っていなかった。むしろ武昭のことで、悩みは増えた気がしていたからだ。

「以前は仕事に追われてたでしょ？　今の里央は自分を大事にしようっていうか、人生を楽しもうとしてるように見えるわ」

働いて働いて、家には帰って寝るだけだった日々。

言われてみれば、少し変わったかもしれない。週末に万全の体調でいられるよう、夜更かしもしなくなったし、業務の効率化も意識するようになった。最近は身なりにも気を遣い、お化粧も念入りにしている。

いつの間にか武昭の存在が、里央の生活にハリを与えていたらしい。

「自分から苦労を抱えて、でもそれが成長の機会になる、ってこともあるのかな？」

里央が自信なく尋ねると、祐子が「そりゃあるわよ」と笑った。

「子育てだってそうじゃない？　大変なことは一杯あるけど、得がたい経験や喜びがあるわ。私は里央を育てて良かったと思ってるわよ」

祐子の言葉には説得力があった。

今、里央は先の見えない苦しみの中にいる。武昭との関係が先に進んでも進まなくても、突然終わりを迎えることになるのだ。

それでもきっと、里央には価値ある何かが残ると、祐子は信じさせてくれた。

だったら自分の気持ちに正直でいよう。武昭を愛しているなら、想いを抑え込むようなことはしたくない。

里央は改めてそう、心に誓ったのだった。

＊

一緒に旅行に行ってから、ふたりはより親密になったと言って良かった。

相変わらず彼は地元に行くことが多いが、自宅にいるときは必ず里央が食事を作った。彼女用の食器まで用意してくれるほどだ。

どんなものでも武昭は喜んで食べてくれたけれど、今日は彼からリクエストがあった。

「今夜は、君が一番好きな食べ物を作ってくれないか？」

　里央は答えるのを躊躇った。あまりにも子どもっぽいメニューだったからだ。彼女は顔を赤らめ、下を向いて答えた。

「カレー、ですけど」

「じゃあカレーにしよう」

　武昭が晴れやかに言い、里央は顔を上げた。

「本当にいいんですか？」

「あぁ」

「でも本当に、なんの変哲もない、普通のカレーですよ。市販のルーを買って、箱の裏に書いてある通りに作るんですから」

「それが君の好きなカレーなんだろ？」

　優しい眼差しを向けられ、里央は両手の指先を合わせて視線を逸らす。

「えぇまぁ」

「だったら構わない。君の料理はなんでも美味しいから、楽しみだよ」

　武昭はそう言い残して、書斎に引っ込んでしまった。里央は彼の意図を測りかねるが、頼まれた以上は作らないわけにはいかない。

高級スーパーに行けば、牛角切り肉も売っているけれど、里央のカレーは豚こま肉だ。逡巡しつつもいつもの材料を買い、いつものカレーを作る。グリーンサラダを添えたのは、せめてもの彩りだ。

「いいね家庭的で。こういうカレーは、ずっと憧れだったんだ」

武昭はテーブルにつき、嬉しそうに手を合わせた。

「え、もしかしてカレー、食べたことないんですか？」

里央がビックリすると、武昭は言いにくそうに口を開く。

「うちには料理人がいたからね。カレーというと、スパイシーなチキンカレーとか、本格的な欧風カレーばかりだったんだ」

世界が違いすぎる。そんな人に、こんなカレーを食べさせていいのだろうか。

里央は出した皿を引き上げたくなるが、武昭は嬉々(きき)とした様子でひと匙すくった。目を閉じて香りを堪能し、ゆっくりと口に入れる。

「なんだろうな、初めて食べるのに、すごく懐かしい感じがする。郷愁を誘うというか。夕暮れの通学路を思い出すよ」

武昭は満足そうな笑みを浮かべ、「美味しい」とつぶやく。

「無理しなくて良いですよ？」

里央は気遣わしげに言うが、武昭は軽く首を左右に振った。

「無理なんかしてない。本当に美味しいよ。君も食べたらいい、好物だろ？」

武昭に促され、里央も匙を取った。確かにいつもの味、彼女の好きなカレーだったが、ここで食べることの違和感がすごい。

落ち着くような、落ち着かないような、不思議な気分だ。

「普段は他に、どんな料理を？」

「丼物とかパスタとか、ワンプレートの簡単な物が多いです。いろいろ作るのは、宅飲みをするときくらいで」

「へぇ、宅飲みなんてするのか」

武昭が意外そうにしたので、里央は「たまに、ですよ？」と言って続ける。

「ちょっとお高いチーズとか、生ハムとかが安く手に入ったときに。外ではまず飲みません」

「俺もプライベートでは飲まないが、君がおつまみを作ってくれるなら、少し飲んでみてもいいな」

「じゃあ今度宅飲みパーティー、やりましょうか？」

言ってしまってから、すごく大胆な誘いだったことに気づく。里央は慌てて、言い訳がましく付け加えた。

「あの、えっと、ここの近くの高級スーパーって、鴨スモークとかハーブソーセージとか、美味しそうな材料がたくさん売ってるじゃないですか。ワインとかクラフトビールも、見たことないものばかりで、飲んでみたいな、なんて」

「いいよ、やろう」

武昭が即答し、里央は目を瞬かせる。

「いやでも、仕事先のお宅で」

「君が言い出したんだろ？　俺がやりたいんだから、遠慮する必要はないよ」

これは遠慮、なのだろうか。武昭が紳士なことは十分承知しているけれど、ふたりきりの部屋で酔ってしまうのが怖くもある。

でも武昭との宅飲みパーティーは、きっと楽しいに違いない。高級スーパーに並ぶ、キラキラした食材に憧れを抱いていたのも事実だ。

「そうですね、やりましょう」

里央は気持ちを抑えないと決めたのだ。どんな結末が待っていようと、今を楽しむことを諦める必要なんてない。

「日取りは再来週で良いかな？　来週はまた地元に行くからね」

「わかりました。おつまみレシピなんかも、いろいろ研究しておきます」

普段は後片付けをし、コーヒーを入れて帰るのだが、今夜はチャイを作る。

本格的なスパイスが売られていたこともあるが、いつもより手間の掛からない料理だったことに負い目があったのだ。

シナモンを折り、カルダモンやクローブの種を割って湯で煮出し、火を止めて茶葉を加える。あとは牛乳と砂糖を加えて火にかけ、煮立つ直前で鍋を上げればいい。

茶こしで漉してからカップに注ぎ、盆に載せて書斎に向かった。ノックをして、返事を聞いてから室内に入る。

「お茶が、入りました」

「ありがとう」

武昭は書類から顔を上げずに礼を言ったが、いつもと違う香りに気づいてこちらを見た。

「もしかして、チャイ？　わざわざ入れてくれたのか？」

「なんというか、その、今日の夕食は簡単でしたから」

「材料を切ったり、煮込んだり、料理はなんでも大変だろ？　まぁでも嬉しいよ。せっかくだから、リビングで一緒にいただこう」

デスクの書類を整え、武昭が立ち上がった。こんな流れになるとは思わなかったけれど、たまにはソファに並んでお茶もいいかもしれない。

「あぁ、良い香り。やっぱりホールスパイスを使うと違いますね。普段はミックスパウダーを使ってるので」

「へぇ、チャイ好きなんだな」

「スパイス全般が好きなんですよ。クラフトコーラを作ったこともありますし」

カップをサイドテーブルに置き、武昭が感心したように言った。

「自分で作れるものなのか？」

「チャイと似てますよ。シロップでスパイスを煮出して、半日ほど寝かせるんです。炭酸水で割ると美味しいですよ」

「なるほど、割って飲むのか。アルコールで割っても面白そうだな」

「いいですね！　宅飲みパーティーは、お手製のカクテルも用意しましょう」

なんだかすごくワクワクしてきて、里央は胸の前で両手を合わせた。そんな彼女を武昭は穏やかな瞳で見つめている。

「他に最近、ハマっていることはあるのか？」

「ハマってるってわけじゃないですけど、こないだ鮫島さんのお供をして、カヤックをやってみたいなと思いました」

里央は滝の飛沫を思い出し、うっとりと目を閉じて続けた。

「峡谷でのボートも、すごく楽しかったんですよね」

「地元に興味を持ってもらえるのは嬉しいよ。ウォータースポーツにも力を入れているからね」

「鮫島さんは上手にボートを操ってましたけど、昔やられてたんですか？」

「高校の校外学習で、少しやっただけだよ」

「へぇ羨ましい。パドルを漕ぐコツとかってあるんですか？」

「持ち幅を広くしすぎないように、とは言われるね」

「このくらい、ですか？」

里央が両手を軽く前に出すと、武昭が彼女の腕を軽く掴んで言った。

「横にしたパドルを頭上に掲げた状態で、肘の角度が九十度になるくらいがちょうどいいらしい」

腕を掴まれたこと、腕を掴んだこと。お互い意識はしていなかった。

ただ話に夢中だっただけだ。気づかないうちに、ふたりの物理的距離が近づき、キスできるほど近くに、武昭の顔があった。

里央はその滑らかな肌に、長い睫毛に、綺麗な瞳に息を呑んだ。武昭はすぐさま彼女の腕を離して謝罪する。

「すまない」

「いえ、そんな、大丈夫です」

武昭は急いでチャイを飲み干すと、気まずそうに立ち上がる。

「チャイ、美味しかったよ。ありがとう。気をつけて帰ってくれ」

「は、はい」

里央の返事を武昭が聞いたかはわからない。そのくらい彼は動揺していて、足早に書斎へ戻ってしまったのだった。

*

突然、美都子の番号から着信があった。

平日会社から戻り、自宅に着いたばかりだった里央は、思わず飛び上がった。大慌てで通話ボタンを押して電話に出る。

「はい」

「お久しぶりね」

美都子の凜とした声は、電話であっても気品が感じられる。里央は気後れしながら、恐る恐る言った。

「ご無沙汰しております。その、何か不手際でも」

「いいえ、むしろあなたの働きぶりを、評価しているのですよ。武昭と食事に行ったのでしょう？」

里央は隠れ家的な和風フレンチの店を思い出し、電話口であることも忘れて、深々と頭を下げた。

「その節は、どうもありがとうございました。結構なワンピースをいただいてしまって」

「あの程度、お安いご用ですよ。入り用なものがあれば、なんでもおっしゃっていただいて構いませんからね」

太っ腹な申し出が、かえって怖い。里央は恐縮しながら、丁寧に断りを入れる。

「いえ、特にはありません。鮫島さんにも、先日洋服を買っていただきましたし」

「武昭が？　あなたに？」

美都子の声が一段と大きくなった。いつも落ち着いた彼女にはないことで、里央は驚きつつも余計な発言をしたことを後悔する。

「いえ、あの、プレゼントというようなものではありません。地元でのお仕事に同行させていただいたんですが、私がスーツしか持っていなかったので、カジュアルな洋服を買ってくださったんです」

やましいことなど何もないのに、くどくどと説明してしまう。美都子は黙って聞いていたが、ポツリと漏らした言葉の背後には静かな興奮が感じられた。

「あなたを、連れて行ったのですか……」

表情こそ見えないが、美都子は微笑んでいるように思えた。

鮫島家の女主人として、望み通りの展開になっているのだ。あの美都子と言えど、喜びを抑えられないのかもしれない。

きっと武昭はもう、女性を拒絶することはないはずだ。今後美都子が気を揉むこともないだろう。

「もしかして、クビですか?」

里央の問いに、美都子がはじかれたように問いを重ねた。

「なぜ、そう思うのです?」

「ご依頼は、達成したと思えますから」

「達成……、まぁそう、かもしれませんが……」

煮え切らない言い方だった。竹を割ったような、いつもの美都子らしくない。彼女は何か考えながら、やけに時間を掛けて言葉を紡いだ。

「でもあなたは、もっと、やれるでしょう？」

「もっと、とはどういう意味ですか？」

「私は、武昭の変化に驚いているのですよ」

美都子は里央の質問には答えなかった。答えないまま、勝手にどんどん話を先に進めていく。

「見たことのない息子を、目の当たりにしているのです。それは間違いなく、あなたの影響だと思いますよ」

「ご期待に添えたのなら、嬉しいですが」

脆（もろ）く儚いふたりの関係に、意味があるのかと思ってしまう。

武昭を騙し、裏切り……。何もかも嘘の上に築いてきたのだから、最後に待っているのは悲しい別離だけだ。

「あなたは武昭のことを、どう思っているの？」

思いも寄らない質問を受けて、里央は戸惑う。正直に言っていいものか、わからなかったからだ。

「私はただ、あなたの素直な気持ちを聞かせて欲しいの」

決して威圧的な言い方ではなかった。里央は随分と迷い、何度も言葉を呑み込んだけれど、結局思いを吐露する。

「……お慕い、しています」

どうにかそれだけ言うと、美都子は満足そうな息を吐いた。

「だったら、なんの問題もないでしょうね」

「何がです？」

「この先のことは、若いふたりに任せます。私は口出ししませんから」

「任せるって、何をですか？」

「決して悪いようにはしません。何も心配する必要はありませんよ」

全然質問に答えてくれない。抽象的な言い方で煙に巻くばかりだ。

里央がどう会話を続けていいか困っていると、美都子のほうはもう十分だと思ったらしかった。

「ありがとう。これで私も枕を高くして眠れます。武昭のこと、よろしく頼みますね」

一方的にそれだけ言って、美都子は電話を切った。

里央は静かになったスマートフォンを見ながら、以前の美都子の言葉を思い出していた。

武昭と関係を深めてくれる分には、こちらは願ったり叶ったりですから、場合によってはまとまった金額もお渡しするつもりです――。

あれは跡継ぎを作って欲しい、という意味だったと思う。何より鮫島家の存続を望む美都子なら、当然の願いとも言える。

しかしあのときはまさか、そんな関係に進展するとは考えなかった。

里央には手練手管で男心を掴めるほど、恋愛経験はない。武昭のような難しい性格の人と、打ち解けられるはずがないと思い込んでいたからだ。

でも今は、可能性はゼロじゃない、気がする。

美都子もそれを感じ取って、あんな言い方をしたのだろう。（もし妊娠しても、子どもは引き取りますから）心配する必要はありませんよ、ということなのだ。

先ほど里央が美都子に語った気持ちは、本心だ。

里央は武昭を愛している。もし求められたら、拒める自信なんてない。その結果、子どもを授かったら、どれほど嬉しいか。

ただそれは、普通のカップルの話だ。里央と武昭がすんなりと結婚できるはずがなく、子どもは美都子に奪われてしまう。

とてもじゃないが、里央には耐えられない。そんな思いをするくらいなら、今すぐ武昭の前から消えてしまったほうがマシだ。

わかっていても、里央には決断できなかった。今だって武昭に会いたくて、胸が切なく震えているのだから。

*

宅飲みパーティーの日がやってきた。美都子との電話以来、里央の心はずっと晴れないけれど、料理をしている間は気が紛れる。

豚肉とマスカルポーネの揚げ春巻きに、手羽先の唐揚げはバルサミコ酢で味付けをした。サーモンとチーズのディップには、クラッカーを添える。

もちろん肉や魚だけでなく、長ネギの梅マリネやアボカドのカルパッチョ、ほうれん草のナムルなど、野菜系のおつまみも抜かりない。

ドリンクのほうも、クラフトコーラシロップを前日から仕込んで持参した。

割る用のアルコールは、武昭が担当だ。王道のビール以外にも、ウィスキーやワイン、ジンまで用意してくれている。

「うわ、すごいな」

食卓に並ぶ色とりどりの料理を見て、武昭が声を弾ませた。自分としても結構頑張ったので、彼が喜んでくれるのは嬉しい。

「せっかくなので、張り切っていろいろ作っちゃいました」

「ありがとう、大変だっただろ？」

「いえいえ、鮫島さんこそ、高価なお酒をそろえていただいてすみません」

「俺は買っただけだから」

武昭は申し訳なさそうにしながら、席に着いた。あらかた準備が整い、里央は冷蔵庫からグラスを取り出しながら尋ねる。

「まずは何を飲みます？」

「やっぱりビール、かな」

「ですよね。私もビールにします！」

シロップをグラスに四分の一ほど注ぎ、上からビールをさらに注ぐ。しっかり混ぜてから、ふたりは作法通りにグラスを合わせる。

「乾杯」

里央は冷えたグラスに、そっと口をつけた。

「んー、美味しいっ！　やっぱりお高いビールだと、全然違いますね」

「初めて飲んだけど、爽やかな飲み口で美味いな」

武昭は感激した様子で、手羽先の唐揚げに手を伸ばす。ひと口囓り、ひと口ビールを飲んで、悦楽の表情を浮かべる。

「この手羽先がまた、ビールに合うなぁ。飲みの席は苦手だけど、こういうのは楽しいね」

「私もこんな豪勢な宅飲みは初めてで、すごく楽しいです」

ふたりは顔を見合わせて微笑み、料理に舌鼓を打ちながら、様々なアレンジカクテルを味わった。

ワインはホットで、ウィスキーやジンはさらに炭酸水で割って——。

途中からは、何杯飲んだかわからなくなっていた。いろいろ試してみたかったし、何よりどれも美味しくて、グイグイ飲めてしまうのだ。

里央は完全に酔っ払ってしまい、武昭もかなり顔が赤くなっている。

「次は黒ビールで割って……」

「この辺りで、止めておいたほうが良くないか？」

武昭が心配そうな顔で言ったけれど、里央は未練がましく黒ビールの小瓶を見つめる。

「でもまだ飲んでないお酒が」

「今夜全部飲む必要はないよ。また宅飲みパーティーをすればいい」

次が、ある。武昭もこの時間を心地よく過ごしてくれたらしい。

これが最後でないなら、もうお開きにしたほうがいいかもしれない。里央は今から食器を洗って、自宅に帰らなければならないのだから。

「そう、ですね。じゃあそろそろ片付けを」

「俺も手伝うよ」

武昭が立ち上がるが、里央は笑いながら大きく手を振った。

「鮫島さんに、そんなことさせられませんよ。これは私の仕事です」

そう言って立ち上がった途端、里央はふらついた。想像よりもずっと、アルコールに身体を支配されているらしい。

「大丈夫か？」

武昭がとっさに里央を抱き留めてくれた。

「あ、ありがとう、ございます」

礼を言ったが、武昭はなかなか離してくれない。それどころか、彼の両腕には力が込められ、完全に抱きしめられてしまっている。

ふたりの視線が絡み合い、吐息が甘やかに重なった。

危ういところで保ってきたバランスが、今この瞬間に崩れ去ろうとしている。張り詰めていた緊張の糸がぷつんと切れ、理性を保てない。

早く離れなければ――。

わかっているのにその場から動けなかった。お互いを引き合う力があまりに強くて、どうしたって抗えないのだ。

「あの」

里央の声は聞こえているはずだが、武昭から反応はなかった。お互いの熱で身体が滾(たぎ)り、激しい息づかいが感情を揺さぶる。

「鮫島さ」

「名前で、呼んでくれ」

武昭の声が耳の奥で反響する。アルコールに浸された脳は、相応しい言葉を用意できない。

「え」

「武昭と、呼んで欲しいんだ」

噛んで含めるように言われ、里央はこれが本当に現実かわからなくなる。武昭の腕の中にいること自体、まるで夢のようなのだ。

「どうして」

「言わせないでくれ」

「何をです？」

里央は後頭部に手を添えられ、武昭の厚い胸に顔を押さえつけられた。荒れ狂うような彼の鼓動が、ダイレクトに伝わってくる。

「こんな気持ち初めてで、困惑してる」

「な」

「俺は君を、里央を愛してる」

ドクンと心が乱れた。衝撃的な言葉が、朦朧（もうろう）とした頭に響く。

愛し、合っていた。両思いだったのだ。

胸の奥から喜びが沸き起こり、瞬く間に全身を駆け巡る。ふたりの愛を祝福するため、時さえ止まってしまったかのように感じられた。

抱き合うことが正しいのだと、これが健全な状態なのだと思うと、世界が明るく輝き、目を閉じてもその眩しさに心が震える。

しかし溢れんばかりの歓喜は、急速に萎んでいった。

許される、わけがない。

ふたりが結ばれたところで、美都子を喜ばせるだけだ。里央と武昭が添い遂げるなど、万が一にもあり得ない。

「酔って、らっしゃるんでしょう？」

茶化すように言ったのは、今ならまだ引き返せると思うからだ。冗談で済ませられれば、今までの関係を続けていける。

「酔ってるよ。でも気持ちに嘘はない」

武昭は大真面目だった。引くに引けないというよりは、もう覚悟を決めているようだった。

「私は家政婦で」

「関係ない」

「関係なくありませんよ」

里央は身をよじり、武昭を見上げて続けた。

「家柄の違いを、無視していい立場じゃないでしょう？」

「そんなこと、忘れてたよ」

朗らかな笑みを浮かべ、武昭は里央の頬に手を添えて言った。

「忘れてしまうほど、愛している。もう里央のいない世界は、考えられないんだ」

胸の奥が、喜びで熱く蕩ける。これ以上ないほどの、愛のささやきを受けて、どうして平常心でいられるだろう。

「ぁ、私」

「どうか俺を、愛していると、言って欲しい」

「言えません。鮫島さんを、ちゃんと支えてくれる人でないと」

「里央は十分支えてくれてる」

「身の回りのことじゃなく、選挙活動なんかの話です」

里央を抱く腕の力が、わずかに緩んだ。

「俺は里央ならできると思っている。君にだけ背負わせるつもりもない。でも気持ちがないなら、俺の手を振り払って欲しい。キッパリ諦めるから」

動けなかった。武昭の腕から逃れることは簡単なのに、心が拒否する。里央はもう彼の腕の中にいることを選んでいるのだ。

武昭の指先が里央の頬を撫で、そっと頤を掴んだ。顔を上に向けられ、ゆっくりと唇が近づく。

「ん……っ」

唇がしっとりと触れた。柔らかく、温かい。

こんなに優しいキスなのに、全身に電流が走るような衝撃があった。武昭も同じ感覚を味わっているようで、熱を帯びた瞳が戸惑っている。

「すまない、止められなかった」

武昭は再び里央を掻き抱き、切羽詰まった声で続ける。

「お願いだ、里央……、もう自分を制御できない。君を無理矢理に奪ってしまう前に、拒絶するなら拒絶してくれ」

その言葉とは裏腹に、武昭の腕は強く里央を締め付けた。葛藤を抱えた彼の抱擁に身を委ねていることが、彼女の答えだった。

「私も、愛しています」

自分でも驚くほど、迷いのない声が出た
もう隠すことはできない。里央もまた、武昭への思いを止められないのだ。

「本当、か?」

「はい……」

初めて会ったときは、正直とっつきにくい人だと思った。

でも一緒に過ごすうちに、内なる苦悩や責任感の強さ、仕事に対する真摯な姿勢に惹かれていった。

武昭を愛している、愛しているのだ。

「あぁ、良かった」

武昭が不安から解放されたのがわかった。その場に崩れ落ち、里央の手を取って、唇を押しつける。

「こんな名誉なことはないよ。里央からの愛を得られるなんて」

あまりに仰々しく、芝居がかって見えて、里央は思わず笑ってしまう。まるで女神にひれ伏す殉教者のようだ。

「大げさですよ。私はそんな大層な人間じゃありません。それほど美人でも、スタイルがいいわけでもないのに」

「里央は綺麗だよ。でも外見は要素のひとつでしかない。君の優しさ、誠実さ、真面目さ……どこをとっても、君は俺の全てだ」

武昭はおもむろに立ち上がると、両手で里央の頬を包み、しっかりと両目を見つめて言った。

「里央がいるだけで、何もかも光り輝いて見える」

他の誰かが言ったら、歯の浮くような台詞だと思っただろう。

でも武昭は嘘偽りなく、本気で語りかけてくれているから、感動する。自分でもどうしようもないほど、心がときめく。

「もう言わないで、これ以上言ったら」

「言ったら?」

「離れたく、なくなります……」

「俺は今も離れたくないよ」

武昭は軽々と里央を抱き上げ、寝室に向かった。

これから何が起こるか、経験のない里央にだって想像がつく。わかっていても、武昭の胸にしっかりとしがみつくことしかできなかった。

大事にベッドに寝かされ、武昭は里央の隣に身体を横たえた。彼は彼女から決して視線を外そうとしない。

「なん、ですか?」

「愛おしいって、きっとこういう感情のことなんだろうな。何時間でもずっと見ていられる」

「恥ずかしい、です」

「見てるだけなのに？」

「全部、見透かされてるみたいだから」

里央が両腕で自分の胸を抱きしめると、武昭が彼女の手を取った。優しく指を絡ませながら、胸元に顔を埋める。

「俺は超能力者じゃないよ。だからもっと、見せて欲しい」

武昭が里央の首筋に唇を押しつけた。いたずらな舌先が、彼女の肌を執拗にくすぐる。

「ぁ」

思わず吐息が漏れ、舌先の愛撫が止まった。武昭はわずかに上半身を起こし、真っ赤な顔をして言った。

「キスして、いいか？」

「さっきのは、キスじゃないんですか？」

武昭は息が掛かるほど顔を近づけ、甘い声でささやく。

「もっと深い、キスがしたい」

繋がれた手は汗ばんでいる。里央はギュッと武昭の手を握り、目を閉じた。

「んっ……ぁ」

唇に柔らかさを感じた途端、滑らかな舌先が口の中に潜り込んできた。熱くぬめった舌が、ぎこちなく這い回る。

「ふ、ぁ」

息ができない。想像よりも何倍も激しくて、里央は武昭から逃れようとするが、彼の猛攻が緩められることはない。

「里央……愛してる……」

「ま、待って」

「待てない」

いつもの紳士的な武昭とは思えなかった。里央の身体を両足で押さえ込み、自らシャツを脱ぎ捨てる。

鍛えてでもいるのか、引きしまった上半身が眼前に現れた。ギリシャ彫刻、とまでは言わないが、十二分に鑑賞に堪えうる美がそこにある。

里央は密かに息を呑み、顔を背けた。大人の男性の裸を、これほど至近距離で見たのは初めてだったのだ。

「……怖い？」

　憂いを帯びた武昭の瞳。里央は彼に勘違いさせた気がして、すぐに頭を振った。

「違います、その、綺麗だなって」

　武昭はピタッと動きを止め、照れたように微笑む。

「嬉しいよ。ジムに通ってる甲斐がある」

　里央を見下ろしながら、武昭は指先で彼女の額にかかる髪の毛を掬った。こめかみから頬、首筋へと指先を這わせる。

　ニットの首元を越え、胸の膨らみに到達した。武昭は軽やかに一瞬触れただけで、指先は腰辺りの裾を探り当てる。

「里央も、見せて」

　裾がまくり上げられているのがわかった。武昭の手のひらが、里央の腹にひたと吸い付き、じりじりと上を目指す。

「ん」

「すごいな、陶磁器みたいだ。白くて、きめが細かくて、この世にこんな綺麗な肌があるなんて」

「褒めすぎ、ですよ」

「俺は正直に言ってるだけだよ」

武昭の指先がブラの中央、リボンの部分に到達した。彼は少し躊躇してから、時間を掛けてワイヤーを辿っていく。

「いい？」

里央は顔を背け、素速くうなずく。それと同時に背中のホックが外され、胸元が緩んだ。武昭はブラをまくり上げ、ふたつの膨らみを凝視している。

「そんなに、見ないで」

「目が、離せないんだ」

武昭の恍惚とした視線に晒され、里央の胸は緊張で震えている。汗が滲み出ているのを感じて、ものすごく恥ずかしい。

「お願い、もう」

「うん」

そこから先、ふたりが言葉を交わすことはなかった。

激しく絡み合う呼吸は、もうどちらのものかわからない。

言語という概念が、そのときだけは消失していた。

生まれたままの姿で、身体を重ねていると、人間も動物だったことを思い出す。

まるで運命のつがいのように、ふたりの肌が求め合い、正しく完璧な場所にぴったりとはまり込んだように感じられた。

心と心が濃密に交わり、全てがひとつに溶け合う。

「たけ……あき……」

里央のごく小さなささやきを、武昭が敏感に察知し、動きを止めた。彼は熱い手のひらで、彼女の肩口を掴む。

「もう一度、言って」

「武昭、愛してる」

感極まってしまったのか、武昭は里央に覆いかぶさった。彼の胸に神々しいまでの歓びが広がり、感動に打ち震えているのが伝わってくる。

「俺も愛してる、あぁ、こんな幸せがあるなんて」

初めて知った愛という感情に、武昭は浸っているようだった。里央もまた彼の純粋さに心を打たれていた。

これほどの情熱を内に秘めながら、武昭は孤独に生きてきたのだ。

人並み外れて深く大きな愛を抱えながら、その複雑な家庭環境ゆえに、表に出すことを拒んできた。

武昭の苦しみを思うと、胸が押しつぶされる。彼を苦悩から解放したい、彼の笑顔を守りたい、この幸せを永遠のものにしたい。

でも、里央が今言えるのは――。

「抱いて、下さい」

どうして、こんな言葉しか選べないのだろう。里央の目尻には涙が浮かび、武昭の腕を掴む手は震えている。

ふたりに未来はない。この瞬間、今だけの関係なのだ。

武昭は何も知らない。美都子との密約も、里央の気持ちも。

里央の涙に、武昭は気づいていないみたいだった。蕩けるように甘い声で、「もう離さない」とつぶやく。

「里央の全てが欲しいんだ。自分がこんなに欲深いとは思わなかった」

はにかむ武昭の可愛らしさと、言葉のギャップが大きくて、里央はつい笑ってしまう。

「そんな風に言われたら、女冥利(みょうり)に尽きますね」

「誰でもじゃない、里央だからだよ。俺はずっと女性を愛せなかったし、ましてや身体を重ねたいなんて思わなかった。里央が俺を変えてくれたんだ」

その言葉には喜び以上に感謝があり、ふたりの出会いに意味があったと教えてくれる。ならば今だけ、この瞬間だけでいい。

愛し合うふたりがここに存在し、お互いを求め合う。これ以上に自然で、健やかな姿はない。

「優しく、して下さいね」

「そのつもりだよ。でも暴走してしまったら、俺の手を握って止めてくれ」

大真面目に言われて、里央はまた笑ってしまう。いつしか彼女は涙を忘れ、長く甘美な夜に浸ったのだった。

＊

ふたりが結ばれた夜から、里央は武昭と会っていない。

わざと距離を取っているのではなく、地元での仕事が続いていて、武昭はこの二ヶ月というもの、週末は自宅を留守にしているのだ。

武昭は以前より頻繁にメッセージをくれ、文面も親しみを込めたものに変化している。彼の里央への愛情は、あの晩以来一層増しているように感じられた。

その一方で里央は、罪悪感に苛(さいな)まれていた。

宅飲みパーティーなんて、提案するんじゃなかった。酔っていなければ、気持ちを隠すことも、武昭を拒むこともできたのに。

理性の箍(たが)が外れ、武昭の温もりに酔いしれ、身を任せてしまった。

夢のような時間ではあったけれど、夢からはいつか覚めるものだ。あの瞬間には忘れていた家柄の差だって、ふたりの間には今もちゃんと横たわっている。

生まれ育った環境の違いは埋められず、努力でどうにかなるものではない。

武昭には政治家としての高貴な立場と、輝かしい将来が待っている。

里央が傍らにいることなど到底許されないし、美都子も受け入れないだろう。

何もかも最初からわかっていたことだ。今更打ちひしがれるようなことではない。

にもかかわらず里央がテーブルに突っ伏したのには、理由があった。

「まさか、妊娠してしまうなんて……」

本来なら嬉しい、飛び上がるほど喜ばしいことなのだ。

愛する人との間に、子どもを授かったのだから。

それを素直に喜べない、それどころか絶望に似た気持ちを抱いていることが、どうしようもなく辛かった。

愛し合っているふたりが、熱に浮かされ、一時の感情に流され……。

なんの準備もなく、お互い初めてだったのだから、仕方なかったのかもしれない。でもふたりが冷静であれば、あんなことにはならなかった。武昭はこれまで、不屈の精神で結婚も跡継ぎも拒んできたのだから。

美都子にこのことを連絡すれば、狂喜乱舞するだろう。

やっと、やっと念願の跡継ぎを得られるのだ。

しかしそれは、美都子に子どもを奪われることを意味する。以前彼女が華絵にしたように。

武昭は里央を愛していると言った。確かにあの瞬間は嘘ではなかったと思う。でも子どもができたとなれば、話は変わってくる。武昭の鮫島家への恨みは、相当に根深い。美都子の目論見通りの人生など、拒否するはずだ。

里央には武昭との子を手放すことなどできない。

ならば道はひとつだ。仕事を辞め、祐子の元に身を寄せ、鮫島家と関わることなくひとりで育てる。

武昭にはもう二度と会えない。会うことは許されないのだ。

想像しただけで胸が引き裂かれるけれど、残酷な現実に抗う術などなかった。

# 第四章　記憶　～Side武昭～

「彼女なら、辞めましたよ」

電話越しの美都子の言葉に、武昭は目の前が真っ暗になった。

おかしいと思っていたのだ。突然里央の連絡先が消えてしまったから。

最初はコミュニケーションアプリの不具合かと思っていた。

仕事では使わないものだったし、使い方にも精通していなかったので、それほど深刻には捉えていなかった。

しかし翌日になっても、里央の連絡先は復活しない。

軽い違和感が深刻な疑念に変わり、何かあったのではと心配になった。どうにも不安が拭えず、焦燥感と胸騒ぎで仕事にも集中できない。

これ以上は静観していられないと、武昭は美都子に連絡を取った。給与を支払っているのは彼女だから、何か知っているかもしれないと思ったのだ。

「どういうことです」

「どうもこうも、手紙が届いたんですよ。突然で申し訳ないけれど、辞めさせていただきたい、と」

「なぜです！」

「それはこちらが聞きたいですよ」

「理由は書いてなかったのですか？」

「一身上の都合とだけ。何か、あったのですか？」

あったと言えば、あった。里央と結ばれた。

人を愛すること、心を通わせること、ずっと拒否して生きてきた。生まれて初めて、愛したいと思える人と出会った。

里央といると、あれほど拘ってきた鮫島家への恨みや憎悪やしがらみが、何もかも些細なことに思われた。

つまらないことにとらわれている自分が、滑稽だとさえ思えたのだ。

里央の笑顔が、武昭を浄化してくれたのだ。闇に落ちた彼を、光の世界へ連れ出してくれた。

一緒に食事をしたときも、地元に連れて行ったときも、武昭は何度も里央に気持ちを打ち明けようとしていたのだ。

でも、できなかった。

あまりに長く孤独だったから、どう言えばいいかわからなかったのだ。

それに里央とは年齢も離れている。若い彼女には、同世代のもっと相応しい相手がいるように思えた。

そうでなくても、武昭には鮫島家という重しがある。

里央をこの家の呪縛に取り込みたくはなかった。どこにでも行ける、なんでもできる自由な羽を、武昭のためにもぐことなどできなかった。

わかっていたのに、抱いてしまった。あまりに愛おしくて、気持ちが溢れて、自分を止められなかったのだ。

里央は受け入れてくれた。愛していると言ってくれた。

武昭にはそれだけで十分だった。共に生きよう。どんな困難が待っていても、どんな妨害があっても、必ず里央を守ろうと決心していた。

それなのに――。

「彼女を探します」

「当てはあるのですか？　どうやら以前の住居は、引き払ったようですよ？」

「探偵事務所を使えばいいでしょう」

「彼女は、自らの意志で辞めたのですよ？　それを連れ戻すのですか？」

武昭の気持ちを試すような質問だったが、腹は立たなかった。

美都子の言いたいことはわかる。

里央は家柄の違いや、武昭の職業について気にしていた。彼との将来を悲観したのかもしれないし、関係が深まることに臆したのかもしれない。

「僕は彼女を愛しています」

「あなたはそうでも、彼女の気持ちはどうなのです？　あなたを愛しているなら、姿を消しはしないと思いますけれど」

美都子に揺さぶりを掛けられても、武昭の決心は驚くほど固かった。

「僕を愛していないなら、僕にひと言もなく辞めはしませんよ。きっと面と向かっては、言えない事情があったのです」

「それはあなたの憶測でしょう？」

「たとえ憶測だったとしても、僕の気持ちは揺るぎません。直接本人から事情を聞き、問題があるなら全て解決します」

自分で言って、自分で確信する。

武昭には里央が必要なのだ。もし彼女が彼を拒んだとしても、説得するだけだ。何時間でも何日でも何年掛けてでも。

「必ず彼女を探し出してみせます。ですから他の女性を送り込むようなことは、決してなさらないでください」

美都子が息を呑んだのがわかった。武昭の迫力に気圧(けお)されたのだろう。

「わかりました。無事見つかることを祈っています」

「ありがとうございます」

武昭は電話を切り、取るものも取りあえず職場を出た。鮫島家が懇意にしている探偵事務所は駅近くだから、今の時間なら車より電車のほうが早い。

急いで駅へ向かいながら、先に探偵事務所へ連絡するべきだったと思う。どうせなら美都子に頼んでおけば良かった。

うっかりしている。自覚はないが、かなり焦っているようだ。

急いで探偵事務所のホームページを探し、電話をかけようとしたところで、武昭は信号無視をした車に撥(は)ね飛ばされていた。

全く前を見ていなかったのだ。

周囲で人が騒ぎ、誰かが「救急車を！」と叫ぶ声が聞こえた。武昭はぬるりとした血の感触を最後に、意識を失ってしまった。

＊

目覚めると、柔らかい日差しがカーテン越しに差し込んでいた。

武昭はベッドに横たわり、腕には点滴の針が刺さっている。モニターには数字が並び、時折小さな電子音が鳴っていた。

「病、院……？」

頭がズキッと痛み、ふれると包帯が巻かれている。よく見れば、身体中痣だらけで、両足にもギプスがつけられていた。

何があったのだろう？　全く覚えていない。

廊下から足音が聞こえ、武昭の病室の前で止まった。入ってきたのは壮年の医師と美都子だった。

「武昭！　起きたのですか」

美都子が血相を変えて、駆け寄ってきた。武昭は彼女が自分を心配しているらしいことに困惑しながら尋ねた。

「僕は、どうしたんです？」

「交通事故に遭って、この病院に運ばれてきたんですよ」

医師が答え、武昭の手を取って続ける。

「調子はどうです。どこか苦しいところなど、ありますか？」

「あちこち痛いですが、耐えられないほどではありません」

「それは良かった。一時はかなり危なかったのですよ」

「ありがとうございます。先生のおかげで命を取り留めたのですね」

「いやいや、お母様の献身的な看護も大きかったですよ。あなたが入院されてから、毎日泊まり込んでいるのですから」

武昭はビックリして、美都子のほうに顔を向けた。

言われてみれば、どことなくやつれている。いつものような着物姿でないのは、武昭の看護のため、動きやすさを重視してのことだろう。

信じられなかった。武昭の看護なら、屋敷にいる使用人に頼めばいい。美都子自らがする必要などないのだ。

実際これまでの美都子はそうしてきた。武昭が病気をしようが、怪我をしようが、ずっと無視してきた人なのだ。

「どういう、心境の変化です？」

医師が側に居るのも忘れ、武昭は美都子に尋ねていた。彼女はわずかに戸惑い、静かに質問を返す。

「母親が息子の心配をして、何か問題があるのですか？」

「あなたは、普通の母親ではないでしょう」

こんな議論よりも先に、礼を言うべきなのはわかっていた。しかしあまりにも違和感が大きすぎて、問わずにはいられなかったのだ。

「人は変わるものですよ。あなたも変わったではありませんか」

「僕が？」

「私に女性との付き合い方を、尋ねたくらいですから」

「なんのことです？」

美都子の顔がさっと青ざめた。武昭がかつて言った軽口を、真面目に受け取りでもしたのかと思ったが、彼女の様子を見る限りそんな風でもない。

「覚えて、いないのですか？」

声が震えていた。これほど動揺する美都子は初めてで、武昭は困惑する。

「申し訳ありませんが、なんの話をなさっているのかわかりません」

美都子と医師は顔を見合わせ、病室の隅に向かった。武昭には聞かせたくないのか、何事かヒソヒソと話し合っている。

しばらくしてから、ふたりがベッドに近づいてきた。医師は武昭の顔を見ながら、静かに質問をする。名前や自分の職業、出身地等は答えられるが、この数ヶ月間のことはよく思い出せない。

「恐らく、記憶障害でしょうね」

医師が下した判断に、美都子は大きなショックを受けているようだった。とても演技には見えず、本当に武昭の身を案じているのがわかる。

「治るんですか？」

「わかりません。すぐに記憶が戻ることもありますが、長時間続くことも十分あり得ます」

「そんな。どうにかならないんですか？」

美都子が医師に詰め寄り、彼は難しい表情を浮かべる。

「事故以前に、何か大きな精神的ストレスがあったのかもしれません。原因となった心の葛藤が解決されれば、欠落した記憶を取り戻せる可能性はあります」

武昭に心当たりはなかった。そのストレスへの自己防衛本能だとしたら、思い出さないほうがいいのかもしれない。

しかし美都子は違ったようだ。思い詰めた様子で、何かをしきりに考えている。医師はそんな彼女を見て、元気づけるように言った。

「まずは怪我の治療が先決です。意識を取り戻したのですから、今後は快方に向かっていくでしょう。身体が元通りになれば、自然と思い出すかもしれませんよ」

美都子は「わかりました」と答え、医師に深々と頭を下げたのだった。

「引き続き、よろしくお願いいたします」

＊

武昭が全快するまで、半年ほどを要した。その間美都子は足繁く彼の病室に通い、着替えや入り用なものを届けてくれた。

人は変わるものだと美都子は言ったが、彼女自身がその言葉を体現して見せたのだ。

正直に言うと、最初は少し疑っていた。

もしかして何か裏でもあるのかとさえ思っていた。

しかし美都子はただ息子を気遣う普通の母親だった。この年齢になって、ふたりはやっと母と子になれたのだった。

「僕が覚えていない間に、一体何があったんです？」

午後には退院するという朝、武昭は美都子に尋ねた。ずっと聞きたいことだったが、なかなか口にすることができなかったのだ。

「私に、ですか？　それとも武昭に？」

「両方です」

「私には、取り立てて言うほどのことはありませんよ」

「僕にはあるんですね？」

美都子が黙り込んでしまったので、武昭は身を乗りだす。

「教えて下さい。話して下されば、何か思い出せるかもしれません」

「それは、私が話すべきではないと思います」

「言えない理由でもあるのですか？」

武昭は苛立たしげに尋ねたが、美都子は表情ひとつ変えない。

「誰かの力を、借りてはいけないこともあるのですよ。武昭が自分で思い出さなければ、意味がないと思います」

嫌がらせをしているようには見えなかった。美都子は武昭を思って、敢えて口にしないのだろう。

ほんの数ヶ月の間に、美都子と武昭のあり方は大きく変わった。それほどのことがあったのに、何も思い出せないことがもどかしい。

武昭が唇を噛みしめていたからか、美都子が穏やかに言った。

「武昭にとって、本当に大切なことなら、必ず思い出せますよ」

「そう、でしょうか？」

「私にも、そんな思い出があります。その記憶があればこそ、生きてこられた」

遠い目をする美都子は、武昭が見たことのない表情をしていた。切なくも美しく、ひとりの女性としての哀愁が漂っていた。

母親でありながら、武昭は美都子のことをよく知らない。これまで親子らしい会話をしてこなかったからだ。

鮫島の家にいる以上それでいいと、そういうものだと諦めてきた。

でも今は美都子のことが知りたい、理解したいと思っていた。こんな気持ちになるのが不思議だったが、これもまた失われた記憶と何か関係があるのだろうか。

「わかりました。自力で取り戻します」

「それがいいと思います。でも無理はしないように。その時が来たら、自然と思い出せますよ」

母親みたいなことを言われて、少し笑ってしまう。

ああこの人は母親だった。

そんな当たり前のことが、可笑しくて仕方なかった。

「ここが、僕の部屋、ですか?」

美都子に付き添われて自宅に戻った武昭は、部屋に違和感を覚えて尋ねた。彼女は気遣わしげな様子で答える。

「武昭が政治家になってから、ずっと住んでいる部屋ですよ」

「それはわかっています。部屋は覚えていますよ」

しかしこんなに整理整頓されてはいなかった。住人が長く留守にしていたから、それなりに埃は積もっていたが、全体的に整っている。

「誰か、人を雇っていたのですか?」

美都子はハッとしたが、キョロキョロと視線をさまよわせたあと、慎重に言葉を選んで答える。

「武昭が事故に遭うまでの話です」

それ以上言わないのは、失われた記憶と関係があるからだろうか。武昭は焦燥に駆られながら、リビングからキッチンに向かった。

もし家政婦がいたなら、料理を頼んだかもしれないと思ったからだ。

果たしてキッチンは、武昭の記憶と様変わりしていた。たくさんの調味料や食器、彼がひとりなら、決して買わないものばかりだ。

「誰かが、いたんだ……」

武昭は呆然（ぼうぜん）として食器棚を見つめる。

自分のテリトリーに人が侵入することを、これまでの武昭は許さなかった。

しかしその誰かは、いとも簡単にその壁を越えたのだ。でないとあんな可愛らしい皿やマグカップを置かせるはずがない。

武昭は困惑したまま、書斎に向かった。あそここそ、誰にも入室させなかった場所だ。もし、何か変わっていたら――。

扉を開けた武昭は、膝から崩れ落ちた。

「まさか、そんな」

「綺麗にしているじゃないですか」

何も知らない美都子が、彼の背後から書斎を覗き込む。

「綺麗だから、おかしいんですよ。ここはもっと、魔窟と言ってもいいくらいで」

自分で言うのもなんだが、真実なのだから仕方ない。武昭はふらふらと立ち上がり、室内に入って本棚を見つめた。

ジャンルで分ける、武昭の並びの癖が感じられる。誰かが勝手に掃除したのではなく、彼自身も参加したのだろうことがわかった。

書斎の掃除を、武昭自身が受け入れたということだ。

ショックのまま、武昭は椅子に座った。スッキリしたデスク回りを眺めていて、一冊の絵本が目にとまる。

なぜこれが、こんな場所に。

「まだ、持っていたのですか？　華絵が贈ったものでしょう？」

美都子は驚いていたけれど、この傷んだ絵本の存在を、彼女が覚えていたことのほうが驚きだった。

「えぇ、僕の宝物ですから」

武昭は絵本を手に取り、そっと表紙を開いた。ここにいた誰かは、きっと彼の気持ちを汲める人だったに違いない。

大切な人、だったのだろうか？

そう思った途端、頭がズキッと痛んだ。思い出したいのに、何かがそれを拒んでいるかのように感じられる。

「大丈夫ですか？」

武昭が頭を抱えたからか、美都子が心配そうな顔をしている。

「えぇ。ただ思い出すのには、少々時間が掛かるかもしれませんね」

絵本を閉じた武昭は、静かにそうつぶやいたのだった。

*

ようやく明日から、仕事に復帰することが決まり、武昭は議員会館で挨拶回りをしていた。長く国会を欠席して、方々に迷惑を掛けてしまったからだ。

「災難だったね」「これからまた一緒に頑張ろう」

皆武昭に同情的で、温かい言葉を掛けてくれる。安堵した彼は、孝一の居室の扉を叩いた。応接間に通され、しばらくすると部屋の主がやってくる。

「随分元気になったようだね。見舞いに行ったときは、思っていたより怪我がひどくて驚いたよ」

「その節はありがとうございました。秘書の方にも議事録等を頻繁に届けていただいて……。ご迷惑をおかけして、誠に申し訳ありませんでした」

武昭が頭を下げると、孝一は笑って手を振った。

「いやいや、気にしないで。困ったときはお互い様だよ。私も君のお父さんには、随分と助けてもらったからね」

孝一は懐かしそうに言い、武昭の顔に直伸の面影を探すような視線を向ける。

「委員会の筆頭理事になったときは、本当にお世話になったんだ。野党側の理事との交渉の仕方やら、委員会の開催日の調整やらで、ありがたい忠告もたくさんもらったものだよ」

「……父は、面倒見の良い人でしたからね」

武昭が視線を逸らしてポツリと漏らすと、孝一は「確かに君とは違うタイプだった」と苦笑する。

「君は派閥の中じゃ、一匹狼だからね。迎合しないという矜持(きょうじ)は素晴らしいが、多少浮いていた。宴席の付き合いも、あまり良くなかったし」

孝一がはっきり言うのは、武昭への優しさだろう。それがわかるから、うなだれるしかない。

「申し訳、ありません」

「まぁ若い人はそんなものかもしれないし、個性だとも思うんだけどね。ただ最近は少し、お父さんに似てきたかなと思っていたんだ。親しみやすくなってきたというかね」

「そう、ですか？」

自分では全く意識していなかったので、武昭は目を瞬かせる。

「あぁ。飲み会のあとには、必ず葉書を送ってくれるようになっただろう？」

孝一は朗らかに笑うが、武昭には全く覚えがない。失われた記憶の中にある、出来事だろうか。

「すみません、実は事故の後遺症で、少し記憶が曖昧な部分がありまして」

「そうだったのか、それはすまない」

謝罪した孝一は、席を外して話題の葉書を持ってきた。手渡された葉書には、間違いなく武昭の字で、お目にかかれて嬉しかった等と書かれている。

「これを、僕が……？」

「私だけじゃないよ。宴席の参加者には全員送っているんだ。そういうきめ細かい気配りは、お父さん譲りなんだろうと、皆で話していたんだよ」

信じられなかった。武昭にはこんな発想はない。

誰かからアドバイスを受け、それを実行したものとしか思えなかった。

また、誰かだ。

自宅でも職場でも、武昭の知らない誰かが、彼の人生に介入している。そしてそれは、武昭を間違いなく幸福にしているらしかった。彼の生活を向上させ、彼に高い評価をもたらしている。

きっとその誰かが、記憶を取り戻す鍵なのだろう。

ここまでわかっていながら、武昭はまだ何も思い出せない。恐らく大切な人だろうに、真っ白な霧の中でさまよっている気分だ。

「気分でも悪いのかい？」

武昭が黙り込んでしまったからか、孝一が気遣ってくれる。まだ万全の状態ではないから、心配してくれているのだろう。

「いえ、大丈夫です。明日からまたよろしくお願いいたします」

問題ないことを強調するように、武昭はにこやかな笑顔を作ったのだった。

＊

仕事以外のとき、武昭は自宅に籠もるようになった。

これまでもそういう傾向はあったが、今は誰かの気配を探すためだった。

自分の思考や行動とは外れた何かが、家の中で時折見つかる。

それは収納の仕方だったり、丁寧に縫い付けられたボタンだったり。

しかし記憶の断片が微かに浮かび上がったかと思うと、無惨にも消え去ってしまう。

時間が経てば経つほど、そのわずかな名残も霧散していく。

決まり文句に「干し草の中で縫い針を探すようなものだ」というのがあるけれど、探す物が縫い針だとわかっているだけマシだ。

武昭が失ったものは、輪郭さえおぼろげなのだから。

それでも武昭は、幾度となくその誰かを脳裏に蘇らせようとしてきた。

残された調味料で料理をし、馴染みのないマグカップでコーヒーを飲み……、なんとか埋もれた記憶が蘇らないかと、無駄なあがきもしてみた。

しかしどんなに必死に追いかけようとも、武昭は闇の中から出られない。

月日だけがいたずらに過ぎていき、何も思い出せない焦りは、いつしか悔しさに変わっていった。

もういっそ全て処分してしまおうかと、何度思ったことだろう。

こんな食器や調味料があるから、新しい一歩を踏み出せないのだ、と。

でもいざ手に取ると、捨てられないのだ。

誰かの想いが、まだそこに残っている気がして。

もし本当に残っているなら、武昭に手を差し伸べて欲しい。この絶望から救い出して欲しい。

何度もそう願いながら、武昭の手は空を切り続けた。

美都子はそんな武昭を案じてくれた。あれほど寄りつかなかったこの部屋にも、頻繁に顔を出してくれた。

ただ、武昭が記憶を取り戻す手助けは、してくれなかった。

ある意味では、武昭を信じているのかもしれなかった。いくら絶望が彼を蝕んでも、どれほど時間が掛かっても、必ず最後には思い出すはずだ、と。

しかし美都子の信頼は、武昭にとって残酷なものでしかなかった。今や彼が退院してから、二年が経とうとしているのだから——。

この二年近く、武昭はずっと仕事に打ち込んできた。

ブランクを埋めるためではあったが、それ以上に精力的だったのは、誰かの存在を一時的にでも忘れるためだったと思う。

記憶の欠落というストレスを、仕事をすることで打ち消そうとしたのだ。

週末は必ずと言っていいほど地元に向かい、講演会やインタビュー、イベント出席をこなした。

事故当初こそ、武昭を気遣う声も多かったが、彼が記憶障害を伏せていることもあり、今は彼の健康を不安視する者はいない。

スケジュールの都合さえ付けば、どんな依頼も引き受けていた武昭に、観光ＰＲイベントで、開会の挨拶をして欲しいというメールが来た。

三年ぶり二度目の開催らしく、一度目のときにも武昭は挨拶をしたらしい。相変わらず全く覚えていないが、何か心に引っかかるものがあった。

わざわざ前日入りしたのも、胸騒ぎがしたからだ。

空港のからくり時計なんて、いつも見慣れているのに、今日は心がざわつく。

なぜか渓谷に足が向き、ひとりで貸しボートに乗った。瀑布を見上げていると、誰かのはしゃぐ声が聞こえた気がする。

これはなんなのだろう？　なんの記憶なのだろう？

落ち着かない気持ちを抱えたまま、まるで何かに吸い寄せられるように、近くの神社に参った。観光客が神木の周囲を回っているのを目にして、ふと柔らかい手の感触を思い出す。

温かくて優しくて、滑らかなあの手――。

あまりにも鮮明に記憶が蘇り、武昭はその場を動けなかった。やっと片鱗が手に入った。きっとこれが、誰かとの記憶なのだ。

武昭は興奮を抑えきれないまま、道の駅に向かった。コロッケサンドを食べていると、はじけるような笑顔が浮かび上がる。

ジグソーパズルのピースをひとつひとつ集めるみたいに、武昭は道中で記憶を取り戻していった。徐々に浮かび上がる女性の姿が、胸を熱くする。

大切な人、絶対に手放してはいけない人だと、心がささやいている。

そして何もかもが決定的になったのは、観光ＰＲイベントで声を掛けられたときだった。

「そう言えば、今日は秘書の方はいらっしゃらないんですね」

「秘書、ですか？」

「ええ。鮫島先生が女性連れなのは珍しかったので、よく覚えているんです。ここに写真もありますよ」

スタッフが前回のイベントのアルバムを取り出した。武昭の隣には、確かに若い女性が写っている。

「里央……っ」

武昭はとっさにアルバムを奪っていた。名前を口に出した途端、全てが思い出されたのだ。里央と過ごした、あの一夜のことも。

霧の中にあった里央の姿が、生々しく蘇る。声も匂いも感触も——。

胸が切なく締め付けられると同時に、自分の絶望的な愚かさに反吐が出そうだった。

こんな大切なことを、なぜ忘れていたのだろう？

ヒントはいくつもあった。気づこうと思えば気づけたはずなのに。

どうして思い出せなかった、あぁどうして。

失われた時間、取り返せない現実を思うと、怒濤のような後悔が押し寄せ、人目も憚らず叫び出したくなる。

馬鹿野郎！　本当になんて、馬鹿だったんだ……。

「大丈夫ですか？」

戸惑うスタッフを見て、武昭は慌ててアルバムを返した。

「申し訳ありません、取り乱してしまって」

堰を切ったように里央の記憶が溢れ、胸が一杯になる。

深呼吸してどうにか気持ちを落ち着かせ、武昭は静かに目を閉じた。里央の姿が瞼の裏にありありと浮かび、出会ったばかりの頃を思い出す。

武昭もだが、里央も警戒していた。お互いをなかなか受け入れられないまま、一線を引いて付き合っていた。

大きな変化があったのは、里央と本音でぶつかったときだ。大多数の国民が感じているだろうことを、彼女は臆せず話してくれた。

今思えばあのとき、まっすぐ澄んだ瞳の虜になったのだと思う。

いつしか里央は、武昭にとって特別な人になった。彼女と過ごす時間が安らぎになり、彼女の笑顔が彼の冷め切った心に光をもたらしたのだ。

里央と結ばれた夜が明けた日のことを、武昭は覚えている。

いつもと変わらず、朝日に照らされた街並みなのに、まるで黄金郷のように感じられた。この世が幸福に満ちていると確信できたのだ。

里央は武昭が、心の奥底で探し求めていた人だった。彼が人生を賭けて、愛と信頼を注ぎ続けたい女性だ。

武昭はもうひとりには戻れない。

里央という魂の片割れに出会ってしまったから。

ふたりが別々に生きるなど許されない。心がひとつに結ばれ、里央がいて初めて武昭は人として完成するのだ。

里央に会いたい。痛切にそう思った。

なぜ里央が姿を消したのか、理由はわからない。何か事情があったのか、武昭自身に問題があったのか。

里央の気持ちを慮るなら、会わないほうがいいのかもしれない。

でも会いたいのだ。仮に武昭のワガママだとしても。

門前払いされようが、拒絶されようが、武昭には里央が必要なのだから。

「失礼しました。それでは、挨拶の打ち合わせをしましょうか」

武昭は強い決心を胸に秘めてはいたものの、すぐに政治家の顔になって、スタッフとの会話に戻ったのだった。

＊

「あなたがこの屋敷に顔を見せるのは、何年ぶりでしょうね」

地元から帰ったその足で、武昭は美都子の元に向かった。夜分遅くにもかかわらず、彼女は着物姿で姿勢良く迎えてくれる。

「思い出したんです。何もかも」

その言葉だけで、全てが伝わったらしかった。美都子は武昭をじっと見つめ、おもむろに口を開く。

「それで、どうするのです?」

「迎えに行きます」

武昭の気持ちを測るように、美都子が尋ねた。

「決心は固いのですね?」

「はい。あの事故の前と、気持ちは少しも変わっていません」

美都子は武昭の瞳を見つめ、静かに切り出す。

「あなたはこれまで、結婚も跡継ぎも拒んできましたね」

武昭が答えられないでいると、美都子は言葉を選びながら続ける。

「彼女を迎えに行くということは、考えが変わった、ということですか?」

かつての武昭には信念があった。鮫島の家への恨みもあった。

しかしその頑(かたく)なな心を、里央が溶かしてくれた。彼女への愛によって、世界そのものが変貌したのだ。

これまで確信を持って進んできた道は、今色あせている。武昭がこれから進む道には、里央がいなくてはならない。

「生まれて初めて、添い遂げたいと思える女性に出会いました。彼女が傍らにいてくれるなら、くだらないこだわりなど捨てられます」

「そこまで思える人に、出会えたのですね」

美都子は満足そうに、どこか感動した様子で言った。

「お母さんには、感謝しています」

武昭が謝意を口にしたのは、初めてだった。

美都子は涙ぐみ、そっと目尻を押さえた。

「必ず、連れ戻すのですよ」

「わかっています」

武昭は深くうなずき、はにかみながら続ける。

「不思議ですよね。結婚も跡継ぎも、彼女と一緒にいると、自然と意識するようになったんです」

「愛とは、そういうものですよ。なんの前触れもなく、気づいたら芽生えていて、いつの間にか育まれているのです」

美都子の言葉には、彼女自身が身を以て知ったかのような説得力があった。

誰か、愛した人がいたのだろうか？

直伸ではなく？

気にはなったが、今は聞くべきときではないと思った。武昭にはまず、やらねばならないことがあるからだ。

# 第五章　跡継ぎは欲しくても、私は……

武昭の事故をテレビのニュースで知ったとき、隣には祐子がいた。

里央は全てを打ち明け、母親の元に身を寄せていたのだ。

「横断歩道を歩いていた国会議員の鮫島武昭氏を、自動車が撥ねる事故がありました。鮫島氏は意識不明の重体で、病院に搬送された模様です」

あまりにも突然の出来事だった。

普段は無機質なアナウンサーの声にも、わずかな揺らぎが感じられる。

急に凍った手で、心臓を握りつぶされたみたいだった。

周囲の音が遠のき、胸が詰まって息ができない。まるで身体の感覚が麻痺してしまったようだった。

「行かなきゃ」

ふらふらと立ち上がった里央を見て、祐子も慌てて立ち上がる。

「どこへ」

「そんなの病院に決まってて」

「行ってどうするの。あなたが会いに行くわけにいかないのよ」

祐子が里央を抱きしめ、穏やかに言った。

「ゆっくり深呼吸しなさい。大丈夫、大丈夫だから」

そういう祐子の声も、ほんの少し震えていた。自分の夫が事故に遭ったときのことを思い出していたのかもしれない。

もしこのとき里央が独りだったら、と思うと恐ろしい。

ショックで流産していた可能性さえあった。それほどに衝撃は大きく、絶望が巨大な波となって、里央を呑み込んだかのようだったのだ。

「ひとりで育てるって、決めたんでしょう？　彼の状況がどうであれ、あなたはあなたでやることがあるはずよ」

「そう、だね……」

祐子の温かい胸の中で、里央は落ち着きを取り戻し、母親という存在の大きさに改めて感謝した。

実は妊娠がわかった当初、里央は祐子に伝えることを迷っていた。

未婚のまま子を授かり、子の父親からも援助を受けられない。里央の将来設計は、大きな変更を余儀なくされ、てっきり叱られると思っていたのだ。

しかし何もかも知った祐子は、里央を支えると言ってくれた。

本当は混乱していただろうし、悲しみもあったと思う。相手が政治家だということも祐子に怒りを抱かせたはずだ。

それでも祐子は、昔と変わらず里央を愛し、今も寄り添ってくれている。

里央は動揺を抑え、事故の第一報を受けてからは、冷静に情報を集めた。様々な媒体が武昭の状況を知らせてはくれたが、結局詳しいことはわからない。

ただ死亡のニュースはなかった。

徐々に快方に向かっていると信じ、里央は母親の言った通り、自分がすべきことに注力し続けている。

今日も里央は通勤電車の中で、膨らんだお腹を守るように抱えていた。

マタニティマークをつけていると、舌打ちをされることもあるし、暴言を吐かれることもある。もちろん席を譲ってくれる親切な人もいるけれど、子を産むことが社会から歓迎されていないようで悲しくなる。

そうでなくても、里央は常に期待と不安を抱えていた。

生まれてくる子どもに早く会いたいという気持ちはあるが、たったひとりで育てられるのかという怖さも拭いきれない。

金銭的な心配もあり、臨月まで働くことの辛さもあった。

しかし働かせてもらえるだけ、ありがたいのはよくわかっている。

未婚のまま妊娠した里央に、社内で向けられる視線は冷たかった。育休を取れるどころか、退職勧奨されそうな雰囲気さえあった。

力になってくれたのは、課長ただひとり。

まさか相手が武昭だとは思っていないだろうが、里央にも事情があるのだろうと言って、ギリギリまで働けるよう取り計らってくれたのだ。

「随分、お腹が大きくなってきたね」

出勤すると、今日も課長が優しく声を掛けてくれる。

「はい。話しかけると、お腹を蹴って返事をしてくれるんですよ」

里央が微笑むと、課長は気遣わしげに言った。

「そうか。もし体調が悪かったら、いつでも言ってくれていいからね」

「大丈夫です。皆さんの足を引っ張らないように頑張ります」

明るく振る舞う里央を見て、課長は考え込む。

「本当に、無理しないで。僕の奥さんも、妊娠中は職場でいろいろあったみたいだから……」

もしかしたらそのときの経験が、里央への配慮に繋がっているのかもしれない。部下に肩身の狭い思いをさせないよう、気配りをしてくれているのだ。

「課長のお心遣いは、本当に嬉しいです」

里央の言葉に照れてしまったのか、課長は視線を逸らして言った。

「そういや鮫島さん、退院したらしいね」

「え、本当ですか？」

里央は前のめりになり、課長はちょっと驚きつつ答える。

「さっき速報で見たんだ。元気そうだったよ」

課長はスマートフォンを取り出し、ニュース動画を見せてくれた。武昭が病院から出てきて、車に乗り込む様子が映っている。

傷跡もなく堂々と歩いており、里央は会社にいることも忘れ、両手で顔を覆って嗚咽を漏らす。

「ちょ、大丈夫？　そんなにファンだったんだね」

「あぁいえ、すみません」

里央は急いで頬を拭い、訝る課長に言い訳をする。

「マタニティブルーだったときに事故に遭われたので、勝手に同志のような気持ちで、回復を願ってたんです」

「そう、だったんだ？」

まだ課長は納得していないようだったが、里央は武昭が回復した喜びを噛みしめていたのだった。

＊

生まれてきた赤ん坊は、男の子だった。

この腕に抱いたとき、頑張った甲斐があったと涙ながらに思った。愛おしくて愛おしくて、絶対にこの子を守ると誓った。

名前は武嗣（たけし）。武昭の名前から一字もらい、そう名付けた。

しかし父親である武昭が今どうしているか、里央は知らない。無事仕事に復帰したというニュースを最後に、自ら彼に関する情報を遮断したからだ。

実を言うと、会いに来てくれるのではという期待は少しあった。いくら里央が住まいを引き払っても、武昭なら簡単に居場所を探し出せると思ったからだ。

でも武昭は来なかった。

もちろん武嗣のことは言わないし、武昭の元へ戻ることもなかっただろうけれど、彼にそこまでの気持ちはなかったとわかってしまって寂しかった。

ただ幸い、と言っていいかわからないが、日々の子育てが大変すぎて、未練がましく武昭を思う余裕はなかった。武嗣が武昭を忘れさせてくれたのだ。

武嗣は昼夜の区別なく、二、三時間おきには目を覚まして、おっぱいをねだる。里央がウトウトするたび、泣き声で現実に引き戻すのだ。

授乳は母と子の大切な触れ合いには違いない。実際力強くおっぱいを飲む武嗣は可愛く、抱き上げたときの重みや温かさにも得がたい喜びがある。

それでも夜中に何度も繰り返されるその行為は、想像していた以上に里央の体力を奪い、時には限界を感じることもあった。疲労感と睡眠不足で身体が悲鳴を上げ、心が挫(くじ)けそうにもなった。

きっと祐子がいなければ、乗り越えることはできなかっただろう。

祐子は教師としてフルタイムで働きながら、家事を一手に引き受け、武嗣の世話に里央を専念させてくれた。育児に迷ったときも、自身の経験から、的確なアドバイスをしてくれた。

「どうしよう、お母さん。武嗣が寝入りばなに身体をぶるっと震わせるの。病気なのかな?」

　里央が顔を青くして尋ねると、祐子は決まって微笑んだ。

「大丈夫よ。里央もそうだったもの。生まれたばかりの赤ちゃんは、神経系が未発達なんですって。そのうちおさまるわよ」

「抱っこで寝かしつけてるんだけど、抱き癖がついちゃう?」

「徐々に、でいいんじゃない? 三ヶ月頃までは胎児のときの姿勢を好むらしいから、背中が丸くなってるほうが寝やすいのよ」

　祐子がいろんな疑問に答えてくれるたび、里央は母親の偉大さを思った。自分がどれだけ大切に育てられてきたのかがわかるのだ。

　里央は祐子に励まされながら、少しずつ母親として強くなっていった。

　まだ言葉を持たない武嗣の行動や仕草から、わずかながら求められていることを理解できるようになったし、彼もまた里央に訴えかけてくれるようになった。

　過酷な日々の中で、お互いが成長している。

　武嗣の身体が大きくなっていくだけでなく、里央の心も鍛えられていくのだ。

　これが子育てなのだと知った。新しい命と共に、学び歩んでいく。

　将来への不安はあるけれど、武嗣がその小さな手で里央の指を握り、愛らしい笑顔を向けてくれると、全ての苦労が一瞬で報われるように感じられた。

このままずっと一緒にいたい。武嗣と向き合っていたい。

でもそれは叶わぬことだ。いつまでも祐子に甘えられないし、夫のいない里央は生活費を稼いでいかねばならない。

同じシングルマザーでも、祐子とは時代も状況も随分違う。

仕事を辞めた今、何よりもまず必要なのは就職活動だ。認可保育所の利用は、就労していることが条件。働かなければ、武嗣を預けることもできない。

新生児を抱えての就職、当然難しさは覚悟していた。

門前払いにあうのではないかと恐れていたが、ハローワークの職員は親切に対応してくれた。それというのもマザーズコーナーがあり、子ども連れでも安心して利用できるようになっていたのだ。

さらに月十時間が上限だが、親の就労要件などを問わず、保育所を利用できる制度も新たに始まったと教えてもらった。子どもに集団生活の機会を与えたり、子育てに関する悩みを聞いてもらえたりもするようだ。

「昔とは随分変わったのねぇ。この国もやっと子育て支援に本気になってきたのかしら。やっぱり候補者を選ぶって、大事なのかもしれないわね」

帰ってきた祐子に報告すると、いつも国や政治家には不満を言うことの多い彼女が、珍しく評価するような発言をした。

すぐには変えられなくても、変える努力はしている——。

武昭の言葉が思い出され、目頭が熱くなった。きっと彼は今も、この国の未来を良くするために闘っているのだ。

そんな立派な人が、武嗣の父親であることを誇りに思う。

シングルマザーだからと卑下することなんてない。里央は胸を張って武嗣を育てていこうと誓ったのだった。

*

武嗣は二歳になった。

里央は税理士事務所で、補助スタッフとして働いている。

ハローワークで託児所付きの職場を提案してもらい、企業の経理部での経験もあって、今の会社に無事採用されたのだ。

社内にはキッズルームがあり、出勤は武嗣と一緒。勤務時間の自由度が高く、彼が急な病気をしたときも柔軟に対応してもらっている。

生活も安定し、武嗣も最近は良く話をしてくれるようになった。

駅から三人で暮らすアパートまでの帰り道、手を繋いで歩いていると、武嗣が空を指さして言った。

「ママ、ひかってる」

「え？　ほんとだ、綺麗だね……」

つられて空を見上げると、雲の切れ目から太陽の光が一直線に降り注いでいる。まるで地上を照らすスポットライトのようだ。

仕事で疲れていると、どうしても下を向いてしまいがちで、地面ばかり見ているうちに気分まで落ち込んでしまう。

そんなとき、武嗣との会話にとても癒やされる。きっと彼は意図していないだろうが、空を見上げる余裕を取り戻させてもらえるのだ。

「あれは天使の梯子(はしご)っていうの」

「てんしの、はしご？」

「そう。幸運が訪れるって言われてるのよ」

武嗣が怪訝な顔をしたので、里央は立ち止まって、息子の顔を覗き込んだ。

「いいことがある、ってことよ」

里央が微笑んだからか、武嗣は嬉しそうに「いいこと、いいこと」と言いながら、握った手を振って歩いた。

本当にそうなればいいけれどと思いながら、アパートの前まで来ると、誰かが立っている。高級スーツを身に纏った、背の高い男性だ。

いかにもエリートサラリーマンという雰囲気で、この辺りの下町にはそぐわない。里央が訝しんでいると、男性が顔を上げた。

「里央……っ！」

名前を呼ばれて、里央は立ちすくむ。

武昭が立っていた。彼は呼吸も忘れ、里央と武嗣に見入っている。

頬を紅潮させ、身体を小刻みに震わせ、興奮でふらつきながら、武昭はこちらに近づいてこようと、一歩一歩ゆっくりと足を前に進めていた。

心にさざ波が立つ、なんて生やさしいものじゃなかった。荒れ狂う混乱の波が、里央に襲いかかってくるようだった。

こんなこと、あるはずがない。もう二度と会うつもりはなかったのに。

敢えて思い返すことなく、忘れることに心血を注いできた。未来永劫、交差するはずのない人生だとわかっていたから。

「どうして」

動揺する里央とは違い、武昭はこの再会に喜びを隠せないようだった。胸の奥から湧き上がる思いが、涙となって溢れ出ている。

過去の記憶が蘇ってでもいるのか、里央を見る瞳には愛情がみなぎっており、この三年近い空白の日々を、一気に巻き返そうとするようなエネルギーを感じた。

そんな武昭の姿が、里央の胸を不安で締め付ける。

もしかして、武嗣を奪いに来たのだろうか？

怖くて思わず武嗣の手を握りしめる。彼はこちらを見上げ、不思議そうな顔をしていたが、幸い里央の動揺は伝わっていないようだ。

「何をしに、来たんですか？」

やっとの思いでそう尋ねると、武昭は間髪容れずに答えた。

「迎えに来たに、決まっているだろう」

「どうして今更」

武昭を責める気持ちなどなかったが、彼のほうでは大きなダメージを受けたようだった。自己嫌悪に苛まれてでもいるのか、頭を垂れて胸を押さえ、これ以上声を掛けることも憚られる。

「遅くなって、すまないと思っている」

謝られるようなことじゃない。

里央は迎えに来てもらうつもりなどなかったのだから。

それでも武昭はひどく後悔しているようだ。喉の奥でうめくようなため息が漏れ、言葉にならない自分への失望が、見ていられないほど彼を責め苛んでいる。

「記憶を、失っていたんだ」

思いがけない言葉に、里央は衝撃を受けた。

嘘、ではないだろう。あれだけの事故、生死の境をさまようほどだったのだから、そんな後遺症が残ってもおかしくない。

「あの事故のせい、ですよね？」

「知っているのか？」

「ニュースで見たんです」

本当は会いに行こうとした。

祐子が止めなければ、病院に駆けつけていただろう。

でもそれは言えなかった。言ったところでどうにもならない。

かえって武昭を混乱させ、余計な誤解を生むだけだ。

「言い訳のように聞こえるかもしれないけど、俺はすぐ迎えに来るつもりだった。里央のいない人生なんて、考えられないから」

胸が高鳴り、熱い想いが心の奥底から湧き上がった。武嗣を授かった夜のことが思い出され、甘く愛おしい感覚が蘇る。

武昭はゆっくりと近づき、切ない瞳で懇願した。

「俺と結婚して欲しい」

息が止まるかと思った。それは決して実現しない奇跡だから。

里央だって武昭と武嗣と、三人で幸せに暮らす生活を夢見たことはあった。幸せそうな家族連れを見かけるたびに、羨ましく思ってもきた。

しかし本気で望んでいたわけではない。夢を見ていただけだ。

武昭は一般人ではない。鮫島家という歴史と伝統を背負って生きていかねばならない、特別な役目を持った人なのだ。

「無理です」

里央は顔を背け、「私には子どもが」と続ける。

「ママ、いたいよ」

武嗣の声にハッとした。いつの間にか彼の小さな手を握りしめていたのだ。里央は手を緩めてしゃがみ、彼と目を合わせる。

「ごめんね」

里央が謝ると、武嗣は武昭のほうを見上げて尋ねた。

「このひと、だれ？」

武昭もふたりの傍らにしゃがんだ。彼が武嗣を見て驚かないのは、既に調べが付いているからだろう。でないとここまで会いに来ることもできないはずだ。

「俺は君の」

まさか息子だと言うつもりだろうか。里央がとっさに武嗣の耳を塞ごうとすると、武昭は優しい声で言った。

「ママの友達だ」

里央は脱力し、武嗣の耳から手を離した。武昭はちゃんとわきまえてくれている。母子の関係に、無理矢理踏み込むつもりはないのだろう。

「ともだち？　ほんと？」

武嗣が里央に確認したので、彼女は引きつった笑顔を浮かべる。

「本当よ」

武嗣は里央と武昭を交互に見ると、しばらく考え込んでから言った。

「ふたりで、あそぶ？　ぼく、かえろうか？」

里央は思わず噴き出し、武昭も顔をほころばせている。彼女は武嗣を抱きしめ、軽く首を横に振った。

「ううん、大丈夫よ。ママも武嗣と帰るから」

「里央、俺は」

困惑が滲む武昭を遮り、里央はしっかり彼の目を見て言った。

「今日は帰って下さい。明後日は日曜日ですし、また改めてお話ししましょう」

武昭は名残惜しそうにしていたけれど、里央の気持ちが固いのを見て取って、最後には「……わかった」とうなずいてくれた。

「明後日の十時、ここに迎えに来るよ」

「よろしく、お願いします」

武昭が立ち上がり、ふたりから離れていく。曲がり角にさしかかると彼がこちらを向いたので、里央は視線から逃れるようにアパートの敷地に入ったのだった。

＊

「それで、里央はどうしたいの？」

夕食の後、里央は先ほどの出来事を祐子に打ち明けた。

しばらく黙って聞いていた母親の問いに、里央は答えあぐねる。

「わからない」

「じゃあ質問を変えるわ。彼と会ってどう思った？　嬉しかった？　それとも苛立ったとか？」

里央は答えるのを躊躇ったものの、静かにつぶやく。

「元気そうで、安心したわ」

「まぁ事故があったものね。でも私が聞いてるのは、そういうことじゃないわよ」

わかるでしょとでも言いたげな祐子を見て、里央は仕方なく答える。

「愛しているか、ってこと？」

「えぇ」

ずっと考えないようにしてきたことだ。

口にすれば傷つくだけだから、直視しないで生きてきた。

それは結局、武昭への想いを秘めてきたということでもある。胸の奥では密かに燃え続けていても、言葉にしなければ平常心を保っていられた。

武嗣がいたから。彼の存在が、今このときだけに目を向けさせてくれたのだ。

祐子はじっと里央の答えを待ってくれている。いい加減、自分の気持ちと向き合いなさいという、圧力を感じた。

「愛して、いるわ……」

「じゃあお受けすれば」

「そんな簡単に」

「愛し合っているふたりが、一緒に暮らすのは自然なことよ」

「でも彼は、鮫島家を継がないと」

「彼がそう言ったの？」

祐子の質問に、里央は口籠もる。そう言えば武昭は、鮫島家の話を一切しなかった。美都子の話もだ。

「言ってない、けどでも、美都子さんが私たちの結婚を許すはずないわ」

「聞いてもないのに、勝手に気持ちを想像するのはよくないわ」

「聞かなくたってわかるわよ。私の役割は、彼が女性と打ち解けられるようにするところまで。結婚なんてもってのほかだわ」

「跡継ぎもいるのに？」

だからこそ、だ。美都子は武嗣だけを奪いかねない。

「跡継ぎは欲しくても、私はいらないのよ」

「武嗣に母親は必要でしょ？　そんなひどいことしないわよ」

「お母さんは、美都子さんを知らないのよ」

武昭自身がそうやって生まれた子なのだから。美都子が同じことを繰り返すのに、躊躇するとは思えない。

祐子は里央の頑なな態度を見て、静かにため息をついた。

「本当の愛なんて、そうそう見つかるものじゃないのよ。里央が彼を今でも変わらず愛しているなら、その気持ちを貫くべきだわ」

じっと里央の目を見つめて、祐子が優しく続ける。

「私はもう、できないんだから」

里央は父親の姿を思い出し、それ以上何も言えなくなる。祐子には愛する人と共に過ごすどころか、愛を伝えることすらできないのだ。

「里央の愛する人は、あなたから武嗣を奪うような人なの？」

里央は激しく首を横に振った。

「だったら、心配しなくていいんじゃない？　結婚するってことは、ふたりで力を合わせて、困難を乗り越えるってことでもあるんだから。きっと彼には、その覚悟があるのよ」

祐子の言わんとすることはわかるが、里央の心はまだ揺れ動いていた。

武昭は美都子に反発し、結婚も跡継ぎも拒んできたのだ。

もし美都子の差し金で、武昭との距離を縮めたのだと知ったら――。

里央に明確な意図があったわけではない。高額な給金に惹かれただけで、武昭と関係を深められるとも思ってなかった。

しかしきっかけを作ったのは、間違いなく美都子だ。

武昭はまんまと、その思惑に乗ってしまったことになる。この事実は彼を苦しめるだろう。里央への愛がまやかしだと思うかもしれない。

「まぁ最後に決めるのは里央だけど。後悔のないように、自分の気持ちに素直になって、最良の選択をしなさいね」

祐子の言葉は優しく、里央の決断を後押ししてくれているのがわかる。

しかし里央と武昭の間には、愛だけでは解決できない複雑な事情が絡み合っていて、ふたりの行く末を困難にしているのだった。

武昭は約束通りの時間に、自ら車を運転して、迎えに来てくれた。

助手席に乗っていると、武昭の地元に同行したことを思い出し、胸が締め付けられる。あんなことはもう二度とない。

今日真実を告げれば、きっと武昭を落胆させるだろう。里央は軽蔑され、幸せだった記憶さえ汚されてしまうかもしれない。

だとしても言わねばならないのだ。

＊

武昭の車は表参道を走り、高級ホテルに入っていった。里央はてっきりカフェか何かで話すと思っていたので困惑してしまう。

「あの、こんな場所でなくても」

「俺は顔が知られているからね。街中の店は案外騒がしいし、ルームサービスを使ったほうがいいと思ったんだ」

里央は武昭の事情を、全然わかっていない。彼は普通の人ではないのに。

そこに思い至らなかった自分を恥じ、武昭との差を感じて落ち込む。やはり彼とは生きる世界が違うのだ。

「お気遣い、ありがとうございます」

「いや、全部こちらの都合だよ。里央には申し訳ないと思っている」

ホテルの正面玄関に車を横付けすると、武昭がルームキーを渡して里央だけを降ろした。

「先に部屋まで行っておいてくれ。俺は後から向かう」

きっと里央が衆目に晒されないよう、配慮してくれているのだろう。彼女はひとりでホテルに入り、エレベーターに乗って部屋に向かった。

見晴らしの良い高層階のスイートルーム。静かに話すにはこれ以上ないくらい打って付けの場所だ。

「待たせてすまない。何か飲むかい？」

遅れてきた武昭がルームサービスのメニューを渡してくれたが、チェーン店の三倍くらいの値段だ。もちろん運んできてもらうのだし、こういう場所なら高いとは思わないが、これ以上彼にお金を使わせたくない。

「あの、私が入れちゃダメですか？　コーヒーメーカーもありますし、カプセルの種類も豊富ですから」

おずおずと申し出ると、武昭はハハハと笑い出す。

「もちろん里央がいいなら、そうしてくれ」

里央はホッとして、武昭に笑顔を向ける。

「なんにしますか？　フレーバーがいろいろあるみたいですけど」

「任せるよ。里央が入れてくれるなら、なんでもいい」

里央は定番っぽいものをふたつ選び、説明書を見ながら、一杯ずつコーヒーを入れた。武昭の前にカップを置くと、彼は里央に微笑みかけてくれる。

「ありがとう」

「いえ、そんな、すごく簡単でしたから」

里央は武昭の向かいに腰掛け、黙ってコーヒーを飲んだ。カプセルタイプのものは初めてだったが、かなり本格的で美味しい。

「一昨日は急に悪かった」

武昭がおもむろに切り出し、申し訳なさそうに続ける。

「里央の居所がわかって、いてもたってもいられなくなってしまって」

返事のしようがなかった。

嬉しかった？　会いたかった？

まさか、そんなこと言えるはずもない。

「美都子さんは、お元気ですか？」

結局関係ない質問をしてしまい、武昭は軽く首をかしげた。きっと里央が美都子のことを気にしたのが、意外だったのだろう。

「あぁ元気だよ」

「私を迎えに行くことは、なんと？」

「応援してくれたよ」

思いがけない答えだった。美都子にとって、里央はもう用済みのはずだ。いつまでも里央に拘る武昭を、止めても良さそうなものなのに。

「美都子さんは、武嗣のことをご存知なんですか？」

「もちろん知っているよ。探偵事務所の調査報告書を見せたからね」

そのせい、かもしれない。美都子にとって念願の跡継ぎ。それも男の子だ。なんとしてでも武嗣を奪いたいだろう。

美都子の思惑を想像して、里央が青くなっていると、武昭が不思議そうに尋ねた。

「どうしてそんなに、母のことを知りたがるんだ？」

頭から冷や水を浴びせられたようだった。

本当に、言うの？　言ってしまったら、どうなるか……。

躊躇するのは、武昭に嫌われるのが怖いからだ。

まだそんなことを、と思う。ふたりの間に未来などないと知っているのに、武昭の里央を見る目が変わるのが恐ろしいのだ。

弱い自分が嫌になる。でも、すべきことは決まっていた。

武昭には知る権利があるし、里央には伝える義務がある。

「私は、美都子さんに、依頼されてたんです」

ひと息に言うと、武昭の表情がさっと変わった。

眉間に深い皺が刻まれ、鋭く深刻な瞳でこちらを見つめる。

「何を」

「武昭と親しくして欲しい、と」

「里央はそれを、受けたのか？」

うなずくしかなかった。里央は武昭の視線を避けて、うつむきながら答える。

「家政婦としての給料も、普通よりたくさんいただいていました」

「……母は、具体的に何を頼んだんだ？」

「プライベートで食事をしたり、一緒に出掛けたりする間柄になってくれないか、と頼まれました」

もうダメだ。きっと武昭を傷つけただろう。里央が彼に顔向けできないでいると、優しく柔らかな声が耳に届いた。

「それだけ？」

里央が顔を上げると、武昭は朗らかに微笑んでいた。肩の力が抜け、険しかった顔は解き放たれたように穏やかだ。

「もしかして、そんなつまらないことを気にしていたのか？」

「つまらなくなんてないです。私は武昭を騙して」

「その程度のこと、騙すうちに入らないよ。そもそも俺に近づいてくる女性は、星の数ほどいたんだ。中には母の差し金もあったと思う」

武昭は里央をしっかりと見つめ、真面目な顔をして続けた。

「里央はその誰とも全く違う。取り入ろうとしているなら俺にはわかるし、君の純粋さは知っているつもりだ」

カップを持ち上げた武昭は、ひと口飲んでからクスッと笑う。

「それに邪な思惑がある人間が、俺の負担を気にして、自分からコーヒーを入れようとはしないだろう？」

里央は真っ赤になってしまい、武昭の顔が見られない。彼がこんなにも深く、彼女のことを理解してくれているとは思わなかったのだ。

「でも、その、嘘をついていたのは確かですし」

「俺は嘘だとは思わない。里央はただ、与えられた仕事を全うしただけだ。俺が君を愛するようになったこととは、全然別の話だよ」

「美都子さんが計画したことでも、ですか？」

「俺は母に感謝しているよ。里央と出会わせてくれたんだからね」

驚いた。誰が画に描いたことでも、武昭は意に介さないのだ。それほどまでに、里央を愛してくれているということでもある。

「美都子さんとは、和解したということですか？」

武昭は口を噤んだ。

美都子との関係が改善していても、まだそこまでには至っていないのだろう。

鮫島家の確執は根深い。簡単に解決されるものではないはずだ。先だってのプロポーズも、美都子が了承しているかはわからない。

「私は武嗣を、鮫島家の事情に巻き込みたくはないんです」

「それは俺も同じだ」

武昭は食い気味に言ったが、彼はいずれ鮫島家の当主になる。その息子である武嗣が、家の因習と無関係でいられるはずがない。

「武昭の一存で、何もかも決められるんですか？　美都子さんに別の意見があれば、無視することはできないと思います」

「母は、わかってくれる。俺は里央以外と、添い遂げるつもりはない」

疑うわけではないが、願望に過ぎないのではないかとも思う。相手はあの美都子だ。鮫島という家のためなら、なんでもしてきた人なのだから。

「怖いんです。もし武嗣を奪われたら、私は生きていけません」

想像しただけで身体が冷える。魂まで凍ってしまうほどの恐怖だ。

武嗣が生まれてから、彼の存在が里央の生きる意味になった。息子の成長だけが彼女を支えてきたのだ。

「そんなことはさせない。俺がふたりを守るから」

「信じたいです、けど。絶対はないと、思ってしまうから」

これだけ言っても、武昭は諦めようとしなかった。その瞳には強い意志が宿り、決して揺るがないのが伝わってくる。

「チャンスが欲しい。もう一度、君を愛させてくれ」

愛してるでも、愛したいでもない言葉に、胸を突かれた。

武昭ともあろう人が、里央を愛することに、許可を求めているのだ。

里央はそんな大層な人間じゃない。

武昭にそこまで言ってもらえるような女性じゃない。

この三年近く、里央には里央の、武昭には武昭の生活があった。交わらないまま、生きていくことができてしまった。

お互いのためにも、きっとこれが正しい道なのだ。

「里央はもう、俺に気持ちはないのか？」

答えられなかった。

ないと言えば嘘になるし、あると言ってしまえば、鮫島家の呪縛から逃れられない。

武昭を愛するということは、鮫島家のやり方を受け入れるということなのだ。

里央が答えあぐねているのを見て、武昭が口を開いた。

「もしそうなら、無理強いはできない。里央が鮫島家と関わりたくないなら、誰も近づかせないように手も打つ」

武昭はそこで言葉を切り、じっと里央の目を見つめて言った。

「ただ武嗣の父親として、責任だけは果たさせて欲しい」

そんなことを言われたら拒めない。

武昭の言い分はもっともだし、権利だとも思うからだ。

しかしなぜ武昭は、自分の子だと確信があるのだろう。探偵事務所に調査を頼んだにしても、表面的なことしかわからないはずなのに。

「武嗣の父親は、他の誰かかもしれませんよ」

里央の言葉は、一笑に付された。まるで彼女を誰より知っているのは、武昭だと言わんばかりに。

「里央が俺以外の相手と、そんな関係になるはずがない。それに武嗣という名前を見ればわかることだ」

武昭は全部お見通しなのだとわかり、恥ずかしくなる。里央が考えているよりずっと、彼は広い視野で物事を捉えているのだ。

「すぐに返事ができないなら、それでも構わない。でも俺が武嗣と過ごしたいという気持ちはわかって欲しいんだ」

父親が息子に会いたいのは、自然なことだ。

何より武嗣は、男性と接する機会が少ない。里央の父親が生きていれば、多少は違ったかもしれないが、彼女はそれをずっと懸念していた。

もし武昭がたまにでも家に来て、武嗣と遊んでくれるなら、こんなにありがたいことはなかった。

「……訪ねてくるときは、先に連絡を下さいね。こちらも都合があるので」

「もちろんだ。ありがとう、本当に」

武昭がテーブル越しに、里央の手を握った。

数年ぶりに触れ合う肌に、心地よさを感じた。感じてしまった。

温かい手は力強く、その包容力に安心感を覚える。

伝わってくる熱が、里央の身体を甘美に酔わせ、武昭の顔を見ていられない。

「御礼を言うのは私のほうです。こんな曖昧な態度で、返事も保留しているのに……」

武昭はまだ里央の手を離さず、真摯に言った。

「鮫島という家の特殊性は、俺も理解している。里央が不安に思うのは仕方ない。俺を拒絶しないでいてくれるだけで、今は十分だ」

里央は黙ってうなずき、そっと武昭の手を離した。

これ以上触れ合っていると、甘い疼きに耐えられなくなる。

そんな里央の気持ちに気づいたのか、武昭は席を立ち、彼女の後ろに回った。

椅子に座る里央を、背中からギュッと抱きしめる。

「すまなかった。長い間、側にいられなくて」

里央には夫が、武嗣には父親が、必要なときは確かにあった。しかしそれは武昭が自分を責めるようなことじゃない。

「それなら私も、謝らないといけません。私が勝手に姿を消さなければ、こんなことには」

「俺が里央にそうさせたんだ。愛していると、離しはしないと、もっと強く伝えるべきだった。あの夜、いやもっと前から、君しかいないとわかっていたのに」

情熱的な言葉に赤面し、里央は身動きできない。武昭はより一層腕に力を込め、耳元でささやき続ける。

「再会できたときは、胸が震えたよ。なりふり構わず、抱きしめようかと思ったほどだ。今も暴走する気持ちを持て余してる」

眉をわずかに寄せ、軽く唇を噛みしめる仕草からは、抑えきれない欲望が滲み出ている。頬は微かに紅潮し、唇からはうめき声が漏れた。

抑制と衝動の間で揺れ動く微妙な心情が伝わり、里央の心までが張り詰め、甘さの混じった緊張にとらわれてしまう。

「里央が欲しい」

内に秘めた激情が溢れ出したのか、武昭が里央にキスをした。

煮え滾るように熱い口づけで、彼の我慢強さがわかる。

これだけの想いを抑え込み、表面上は紳士的に振る舞っていたのだ。

「待っ、ダメ……」

言葉では拒んでいても、その声は弱々しかった。

里央にとってもまた、このキスは待ち望んでいたものだったからだ。

身体に火がついたように、お互いの唇を貪り合った。

柔らかい紅唇や滑らかに絡まる舌先が、ふたりの頭を甘く痺れさせる。

こんなことをするために会ったわけじゃないとわかっていても、積年の想いは止められない。武昭のこと以外何も考えられなくて、全て委ねてしまいたくなる。

「武昭、私」

自分でも驚くほどに声が蕩け、武昭を見る瞳は熱に浮かされていた。

この瞬間だけは、ひとりの女性に戻ってしまっていた。

「続きは、里央の答えが出てからにしよう」

武昭がすっと、里央から離れた。

強靭（きょうじん）な精神力で欲望を抑え込んでいるのが、痛いほどわかる。

「だったらキスも、しないで欲しかったですけど」

里央の言葉に、武昭は動きを止めた。

葛藤しているのか、胸の前で拳を握りしめ、謝罪の言葉を絞り出す。

「悪かった。里央の香りに、酔ってしまったんだ」

予想外の答えに、里央は自分の身体を嗅いでみる。

「香水とか、つけてませんよ？」

「里央は側に居るだけで、たまらなくいい匂いを発散しているんだよ。……これ以上は勘弁してくれ。恥ずかしくなる」

照れる武昭はビックリするほど可愛くて、里央もまた頬を赤くしてしまう。

「あ、えと、じゃあまた、武嗣に会いに来て下さいね」

「あぁ、楽しみにしてる」

ふたりは顔を見合わせて笑い、短い逢瀬（おうせ）は終わったのだった。

＊

約束通り武昭は、里央達の住むアパートに訪ねてきてくれた。週末は地元に帰らねばならないだろうに、どうにか都合を付けてくれたのだろう。

ちなみに祐子は今日家を空けている。

家族水入らずで過ごしたほうがいいと、気を遣って外出してくれたのだ。

「あ！　ママのともだち」

武嗣は武昭の顔を見た途端叫んだ。特に警戒する様子もないのは、里央が武昭を歓迎しているのがわかるからだろう。

「こんにちは、武嗣君」

武昭はその場にしゃがんで、武嗣と視線を合わせた。武嗣はちょっと恥ずかしそうに、里央の足の後ろに隠れて言った。

「こんにちは」

武嗣は里央の足を掴みながら、首をかしげて続ける。

「ママと、あそぶの？」

「今日は武嗣君と遊びたいんだ。友達になってくれるかな？」

武昭の頼みが意外だったらしく、武嗣は大きく目を見開く。

「ぼくと？」

武嗣はしばらく考えていたが、最後にはにこっとして言った。

「いいよ。なまえは？」

「武昭っていうんだ。これからはそう呼んでくれる？」

「たけあき……たけあき……」

何度か名前をつぶやいたあと、武嗣は自信満々に答える。

「うん、わかった！」

「ありがとう。じゃあ友達になった記念に、武嗣君にプレゼントがあるんだ」

武昭が綺麗にラッピングされた箱を取り出すと、武嗣は歓喜して受け取った。

「うわぁ！　あけていい？」

「もちろん」

武嗣が包装紙に手を掛け、里央は慌てて彼の手を掴んだ。

「こら、ありがとうは？」

「あ、そっか！　ありがとう」

棒読みみたいな御礼だったが、武昭は感心して武嗣の頭を撫でる。

「偉いね、ちゃんと御礼が言えて。お母さんの指導の賜（たまもの）かな？」

照れる里央の隣で、武嗣はビリビリと包装紙を破っていた。

出てきたのは、積み木のおもちゃだった。木枠の中に鈴やビーズが入っており、武嗣の名前まで彫られている。

「わ、可愛い！」

「舐めても大丈夫なものだから。もし、もう持っていたらすまない」

「ううん。積み木って良い物は高いから、なかなか手が出なくて。すごく嬉しい、ありがとう」

里央が微笑むと、武昭は安堵したような顔をした。初めてのプレゼントを何にするか、きっと一生懸命考えてくれたのだろう。

「たけあきも、あそぶ？」

武嗣は両手で持った積み木を振りながら、ニコニコしている。武昭はそんな武嗣を愛おしそうに見つめ、隣に座って積み木を手に取った。

「よし、じゃあお城を作ろうか」

「おしろ？　つくろ！　つくろ！」

武嗣は武昭をせっつきながら、楽しそうに積み木を積んでいる。家でこんなに興奮する武嗣は見たことがない。

男の子のわりに武嗣は大人しく、お絵かきをしたり、絵本を読んだりという遊びが多かった。もしかしたら遊び相手がいなかったからかもしれないし、十分なおもちゃを用意してあげられていなかったからかもしれない。

里央は精一杯やっているつもりだが、武嗣に不自由をさせている部分はある。

子どもの健やかな成長を考えるなら、父親の存在は必要だと思うし、金銭的にも余裕があるに越したことはない。

「ほーら、お城ができた」

「すごい、すごい！」

武昭と武嗣は、あっという間に打ち解けてしまった。

やはり父と子の血がそうさせるのかと思うと、ふたりが離れて暮らすことの、不自然さを感じてしまうのだった。

＊

「それで、どうだったの？　武嗣の様子は」

戻ってきた祐子に尋ねられ、里央の頬は緩む。今日の武嗣を思い出すと、自然と笑顔になってしまうのだ。

「すごく、楽しんでた。あんな武嗣初めてよ。武昭が帰るときには泣いちゃって……。何回もまた来てねって頼んでいたわ」

「そう」

祐子もまた顔をほころばせ、疲れ切って眠っている武嗣を見て続ける。

「武嗣には何か、感じるものがあったのかもしれないわね」

「これから、どうしたらいい？」

里央の質問に、祐子は首をかしげる。

「どうしたも、こうしたも、父と子の距離が埋まっていくのは、いいことじゃない」

「それは、そうだけど。武嗣は武昭が父親だとは、知らないのよ」

「打ち明けたら、どんな反応をするかしらね」

祐子がふふっと笑い、里央は顔をしかめる。

「笑い事じゃないわ。今日は無邪気に遊んでたけど、ショックを受けるんじゃないかって」

「大丈夫よ、まだ小さいんだもの。父親がどういうものかも、はっきりとはわかってないわ。里央は心配のしすぎよ」

「でも」

武嗣はこれまでいろいろな場所で、父親という存在を目にしている。

何か里央に質問することはなかったけれど、武嗣がパパと呼べる人がいないことに、彼女はずっと責任を感じてきたのだ。

「武嗣が信じられない？」

「そんなことはないけど。私が黙ってたことで、武嗣との関係が変わってしまうかもしれないから」

「何言ってるの。里央は武嗣に、ずっと愛情を注いできたじゃない」

祐子は里央を元気づけるように、明るく続ける。

「親の愛が子に伝わってるかどうかって、なんとなくわかるものよ。自己肯定感が高くて、優しくて、行動力があって……。武嗣はそういう子だわ」

長年教師をしてきた祐子が言うと、説得力があった。武嗣を出産してから、今までの自分が認められたようで、目に涙が滲む。

「うん、そうだね」

「それに武嗣は武昭さんと、すぐ打ち解けられたんでしょう？」

里央がうなずくと、祐子はしっかりと彼女の肩を抱いた。

「武昭さんが、武嗣と真剣に向き合おうとしてるからだと思うわ。武嗣には父親のいない時間があったかもしれないけど、この先いくらでも親子の絆は深めていける。きっとそんな空白はすぐに埋められるわ」

祐子の言葉は気持ちを落ち着かせてくれたが、それはあくまで父と子の問題だ。武昭と武嗣の絆が深まっても、そこに里央は含まれていない。

武嗣が武昭に懐けば懐くほど、里央の存在が薄くなっていく。そうでなくても鮫島家は、彼女を必要としていないだろうから。

でもこんな悩みを祐子には言えなかった。家柄の違いなんて持ち出せば、母親を傷つけるだけだからだ。

すやすやと眠る武嗣を見つめていると、心が軋むように痛む。この寝顔をずっと見ていたい、その一方で父子の距離も縮めて欲しい。

本来それは両立できる願いのはずなのに、相反してしまうことが、里央には苦しく、切なさで胸が一杯になるのだった。

*

月に一度、武昭が来る日を、武嗣は指折り数えて待つようになった。

里央に何度も「あしたはくる？」と確認するのだ。

いつも武昭が、たくさんのおもちゃを携えてやってくるから、というのはあると思う。しかしそれを差し引いても、武嗣は彼に懐いていた。

武昭が全力で一緒に遊んでくれることが、武嗣にはたまらなく嬉しいのだろう。

今日も早速ふたりでレールを組み合わせ、電車を走らせて騒いでいた。武嗣は何回走らせても飽きることなく、武昭は根気強く付き合ってくれている。

「そろそろ、休憩したら？」

里央がオレンジジュースとお菓子を運んでくると、やっと武嗣は電車から手を離した。お菓子は武昭が持参してくれた、無添加のドーナツだ。

「おかし、たべる！」

武嗣がドーナツを食べるのを見守りながら、武昭もオレンジジュースを手に取った。ひと口飲んでから、里央に微笑みかける。

「ありがとう、気を遣わせて悪いね」

「感謝してるのは、こっちのほうです。武昭が武嗣を見ててくれるから、溜まってた家事もできるし」

里央は武嗣がジュースを飲むのを手助けしながら、遠慮がちに尋ねる。

「大変でしょう？　小さい子のお世話って」

「そうだね。でもすごく楽しいよ。俺は、いや、なんでもない」

武昭が何を言おうとしたか、里央にはわかった。

きっと毎日でも武嗣と遊びたいと、言いかけたのだ。

口を噤んだのは、里央を急かさないためだろう。彼女の気持ちが固まるのを、我慢強く待ってくれているのだ。

里央は申し訳なくて、うつむいてしまう。

武嗣は武昭に懐いているし、ずっと一緒にいられるとなったら大喜びするだろう。それを阻んでいるのは里央なのだ。

わかっているのに決断できない。武昭はあれ以来結婚の話をせず、その優しさに甘えてしまっている。

「ごめんなさい、返事を待たせてしまって」

武昭は黙って首を横に振り、「待たせたのは俺だよ」と言って続けた。

「ひとりでここまで武嗣を育てるのは、大変だっただろう？」

「母がサポートしてくれましたから。大変なときは家事も全部やってくれて、育児の悩みも相談できましたし。体力的にも精神的にも、支えてもらいました」

「そうだったんだね。感謝してもしきれないな……」

考えてみれば、武昭と別れてからのことを、まだ詳しく話していなかった。再会の衝撃が大きかったし、今後のことに目が向いていたからだ。

「他には、どんなことが？」

武昭に先を促され、里央は母には言えなかった不安や愚痴を吐露してしまう。

「武嗣の身近に男性がいないのは、すごく気掛かりでした。男の子ですし、男性の価値観とか行動とか、学ぶ機会がないじゃないですか」

つい口走ってしまったが、何もこんなこと言わなくていい。これではまるで、武昭を非難しているみたいだ。

「あの、すみません。別に責めてるわけじゃ」

「いや、いいんだ。本当のことだろうし、俺はちゃんと受け止めたい。気になることがあるなら、全部言って欲しい」

悲痛な表情を浮かべながらも、武昭は耳を傾けようとしてくれている。里央は彼の決意を感じて、もう一度口を開いた。

「親子参加のイベントは、やっぱり寂しかったです。夫婦そろっている姿を見ると、孤独を感じてしまって」

武昭は拳を握りしめ、グッと唇を噛んでいる。

ふたりが結ばれたあの夜、武昭は始まりを予感していたのかもしれない。

不慮の事故や記憶喪失がなければ、お互い苦しむ必要はなかっただろう。

失われた時間はもう取り戻せない。

武昭が悔やむ気持ちは、里央にも痛いほどよくわかった。

「……今からじゃ、間に合わないかな？」

武昭がこちらを見つめている。

緊迫した沈黙に呑み込まれ、息が止まるようだ。

答えようがない。答えられない。

武昭だってわかっているはずなのに。

心の奥深くに突き刺さった問いが、里央の視線を武昭から逸らさせた。

無数の感情が渦巻き、冷たくなった手が微かに震える。

今ここで即答できるようなら、これほどまでに悩んでなどいない。

武昭の厚い胸に飛び込み、彼の力強い腕に抱かれてしまえるのだ。

「参加したっていう、イベントはどんなもの？　もし写真とかがあったら、見せて欲しいな」

沈黙を破ったのは、武昭の優しい声だった。

里央の様子を見て、さっきの質問は今じゃないと思ったのだろう。

「ぁ、じゃあアルバム、取ってきますね」

安堵した里央は、武昭の視線から逃れるように立ち上がった。

武昭が里央を責めることはないとわかっていても、どこか後ろめたいのだ。

里央は本棚からフォトアルバムを取り出し、武昭に渡す。

写真はデータでも保存してあるけれど、やはりページをめくりながら、武嗣の成長を感じたいと思って作ったのだ。

「うわ、立派なアルバムだね。武嗣の名前と誕生日が、刺繍してある……」

武昭は愛おしそうに表紙を撫で、ゆっくりとアルバムを開いた。

生まれたばかりの武嗣の写真の横に、体重や身長、病院の名前など、その日の出来事が細かく記(しる)されている。

「こんなに丁寧に」

感動に打ち震える武昭の腕を掴んだのは、武嗣だった。

「ぼくも、みせて！」

ドーナツを食べ終え、口の周りには欠片がたくさんついている。

「こら、ちゃんと拭いてから」

里央が武嗣を捕まえ、ウエットティッシュで口と手を拭う。彼は彼女の腕からすり抜け、すぐに武昭の膝の上に座る。

武昭はそんな武嗣の行動に面食らいつつも、目を細めている。

「よーし、じゃあ一緒に見よう」

武嗣はニコニコしながら、写真を指さす。

「これ、ひまわり」

「おっ武嗣は、ひまわり知ってるのか？」

「うん、おはな」

胸を張る武嗣の頭を、武昭は大きな手で力強く撫でる。

「そうだ、えらいな」

「母の実家に行ったときの写真なんです。ひまわりの花畑があって、すごく綺麗だったんですよ」

里央の説明を待たず、武嗣は次のページをめくってしまう。

何気ない日常の写真が貼られ、初めてシリーズと題されている。

笑った日、ハイハイした日、歩いた日……。

武昭は目に涙を浮かべ、写真に見入っている。

「素晴らしいな……、本当に、感動してしまう……」

そこまで？　と疑問に思うが、次の言葉に心が沈み込む。

「武嗣が愛されて育ってきたのが、わかるよ。俺にはこんなアルバムはない。写真を撮ってもらった記憶もないんだ」

武昭の幼少期は、幸せとは言いがたいものだった。経済的には恵まれていただろうが、家庭の温もりが皆無の日々を送ってきたのだ。

寂しかっただろう。苦しかっただろう。

小さな武昭の気持ちを思うと、胸が痛くなる。

できるならこの腕に抱いて、あらん限りの愛の言葉をかけてあげたい。

「どうして、里央が泣くんだ？」

武昭が驚きの声を上げ、里央は自分の頬に触れた。彼の不遇な子ども時代を思って、いつの間にか涙が零れていたらしい。

「すみません、あんまり可哀想で」

「俺が？」

里央がうなずくと、武昭は笑い出す。

「優しいな、里央は。武嗣は幸せだと思うよ。こんなに素敵な女性が、母親なんだから」

「これ、すき。えほん」

武嗣に指を掴まれ、武昭は視線をアルバムに戻す。

「うん？　この絵本は」

武昭がパッとこちらを見た。里央は頬を染め、微笑みながら言った。

「あの、絵本です。本屋で見つけて、武嗣も大好きなんですよ」

「そう、か」

その後は、言葉にならなかった。武昭は目元を押さえ、涙を堪えている。

華絵が武昭に読み聞かせ、里央がまた武嗣に読み聞かせる。

世代を超えて親子の絆が繋がれていくことに、武昭は感極まってしまったのだろう。

もしかしたら里央の姿に、華絵を重ねていたのかもしれない。

里央もまた、そんな武昭の様子に感じ入っていた。

親愛と温もりに満ちた家庭を知らない武昭にとって、自身の家庭を持つということには特別な意味があるのだろう。

きっと武昭は里央以上に、幸せな家庭を作りたいと願っている。その強い思いには鮫島家の呪縛を解き放つほどの、力があるかもしれない。

武昭を信じたい。里央だって三人で暮らしたいのだ。

今までで一番強くそう思ったけれど、まだ迷いは消えなかった。どうしたらいいかわからず、里央は楽しげに笑い合う父子を見つめていたのだった。

*

最近思い悩むことが多くなった。

もちろんこれまでだって、子育てで気になることはあった。

細かいことを数え上げればキリがないくらいだが、やはり一番大きかったのは、武嗣に父親が必要なんじゃないか、ということだったのだ。

その最大の問題が、里央の決心ひとつで解決する。

何もかもが一気に動き出す。

ただ本当に、それでいいのだろうか？

武昭は一般人じゃない。背負うものが多すぎる。

鮫島家はもちろん、彼の支援者や国民の理解だって得る必要があるのだ。

武嗣の存在は、ある意味隠し子のようなものだ。

国民を代表する人間が、正式な結婚を経ずに、子どもを授かっていた。

きっと素直に祝福はされないだろうし、相応のバッシングも覚悟せねばならないだろう。武昭の評価も、武嗣や里央の生活も、一変してしまうかもしれない。

武嗣が武昭を好いているのはわかっている。

ふたりが一緒にいるのが自然だと思うし、三人で暮らせたらどんなにいいかとも思うが、どうしても決めきれないのだ。

「ハァ」

里央は深いため息をつき、公園のベンチに腰を下ろした。武嗣は遊具の側をウロウロしながら、時折しゃがんで土をいじっている。

休日に早朝の公園で過ごすひとときは、里央の数少ない癒やしの時間だった。

コンビニでチルドカップのコーヒーを買い、ベンチに座って武嗣を見守りながら、ゆっくり飲む。しかし今日はまだ、ストローの袋も開けていない。

ボンヤリと足下を見つめてはいたが、瞳には何も映っておらず、里央の心は将来への不安にとらわれていた。悩みすぎて沼にはまり込んでいたのだ。

ゴンッ

鈍い音が響いて、里央は我に返った。

「うわぁぁぁあ」

火がついたように、武嗣が泣き出す。いつの間にか遊具によじ登り、足を滑らせて落ちてしまったのだ。

「武嗣！」

里央は足をもつれさせながら、武嗣に駆け寄った。小さな額から血が流れており、彼女の身体は凍り付く。

「ごめん、ごめんね」

どうしよう、どうしたらいい？

すぐに武嗣を抱きしめたかったが、頭を打っているようだったので、動かしていいのかどうかもわからなかった。

まだ病院は開いてない。

救急車を呼ぶ？　でも呼んでいいような状況なのだろうか？

経験のないことで頭が真っ白になった里央は、とっさに連絡先の一番上に表示されていた武昭の番号に電話をかけていた。

武昭はすぐ電話に出てくれ、少し緊張した声で尋ねる。

「何かあったのか？」

きっと武嗣の泣き声が、武昭にも聞こえているのだろう。里央はオロオロしながら、なんとか説明をしようと試みる。

「武嗣が怪我をしたんです。額から血が出てて、動かさないほうがいいかもって。病院に行かないと、でもこんな時間じゃ」

「落ち着いて。そこはどこ？」

「近くの公園です。私が目を離した隙に、遊具から足を滑らせたみたいで。ごめんなさい、私が悪いんです」

「大丈夫、里央は悪くないよ。ゆっくり深呼吸して」

里央の混乱を鎮めようと、武昭は殊更優しい声を出す。彼の穏やかな息づかいを聞いていると、少しずつ気持ちが落ち着いてきた。

「本当はすぐ駆けつけたいが、今は地元にいるんだ。知り合いの医師に連絡して、そちらに向かってもらえるようお願いするよ」

「良いんですか？」

「あぁ。詳しい場所をメールで送ってくれれば、伝えておくから」

里央はスマートフォンを握りしめ、深く頭を下げた。

「ありがとう、ございます」

「きっと大したことはないよ。だから心配しないで、気持ちを強く持つんだ。医師の指示をよく聞いてね」

「はい、わかりました」

通話を切り、里央はすぐさま公園の場所を武昭にメールした。しばらくすると、十五分くらいで医師が到着するという連絡があった。

「大丈夫、大丈夫だよ」

額の血をタオルで押さえながら、ママ、ママと泣き叫んで身体をよじる息子の手を握る。武昭は庇ってくれたが、小さな子から目を離すなんて母親失格だ。

武嗣が好奇心旺盛な子であることは、よく知っていたのに。

「西脇さん、ですか？」

罪悪感で一杯だった里央は、声を掛けられて顔を上げた。不思議とどこかで見たような、年配の男性が立っている。

「私は板橋孝一と言います。鮫島君から連絡をもらって来ました。診察させてもらいますね」

孝一は泣き叫ぶ武嗣の側に跪き、すぐに手当てを始めてくれる。

額の傷を消毒し、ガーゼで圧迫して、手早く包帯を巻いていく。武嗣はまだ泣いていたけれど、孝一の冷静さが里央を安心させてくれた。

「恐らく大丈夫だと思いますが、念のために頭部のCT検査もしておきましょう。うちの病院に運ばせていただいても？」

「はい、よろしくお願いいたします」

「じゃあお母さんもご一緒に」

公園の脇に停められていた車は、普通の乗用車だった。きっとプライベートにもかかわらず、来てくれたのだ。

「ご迷惑をおかけして、申し訳ありません」

「構いませんよ。むしろ鮫島君に頼られるのは、嬉しいことですから」

孝一は微笑み、里央に助手席に乗るよう促した。彼女が腰掛けシートベルトを着用すると、武嗣を抱かせてくれる。

本来はチャイルドシートが必要だろうが、緊急時は問題ないはずだ。

「それじゃあ出発しましょう」

孝一は自動車を発進させてから、口を開く。

「そのお子さんは、もしかして鮫島君の？」

里央の身体が凍り付いた。どうしてわかったのだろう。そんなにふたりは似ているだろうか。青ざめた彼女を見て、孝一はすぐに謝罪する。

「立ち入ったことを聞いてすみません。僕はこれまで、鮫島君の親代わりのような気持ちで手助けしてきましたが、今回ほど鬼気迫る様子は初めてだったので」

武昭も、動揺していたのだ。

里央を落ち着かせるために、どっしり構えてくれていた。武昭の優しさが身にしみるが、孝一の質問に答えて良いのかはわからない。

「言えないなら、言わなくても構いません。ただ、もしそうなら嬉しいな、と」

「どうして、ですか?」

「鮫島君は優秀ですが、どこか孤独でね。他者を寄せ付けないところがあったんです。彼に心から信頼し愛せる家族ができれば、きっと素晴らしい政治家になるだろうになぁと思っていたんですよ」

孝一は里央にウインクし、優しく続ける。

「きっとあなたと出会って、鮫島君は良い方向に変わったのでしょう。どうか今後も、彼を支えてあげて下さい」

わかりました、と言えれば良かったのだろうが、里央は答えられなかった。ただ黙ってうなずくことしかできなかった。

*

武嗣は軽傷で、検査の結果も問題なかった。

里央は孝一に何度も礼を言い、武嗣とともに帰宅した。祐子には事情を連絡していたが、土曜授業だったこともあり、アパートに戻ったのは夕方だった。

「ばぁば、おかえり！」

武嗣が祐子に抱きつき、彼女は彼の包帯が巻かれた頭を撫でた。

「ただいま。武嗣、元気そうね」

祐子が安堵した様子で言い、里央は微笑む。

「うん。武昭が知り合いのお医者さんに頼んでくれて。処置も早かったし、傷跡も残らないだろうって」

「そう、良かったわね。武昭さんには、きちんと御礼を言っておくのよ」

「わかってる。状況は伝えたけど、改めて御礼に伺うつもりよ」

そんな会話をしている最中に、インターホンが鳴った。里央が玄関の扉を開けると、武昭が立っている。

「武昭、どうして」

「急にすまない。武嗣のことが心配で、地元のイベントが終わってすぐ戻ってきたんだ」

息せき切った様子を見れば、大急ぎでここまで来てくれたのがわかる。里央は驚きつつも、武昭を室内に促す。

「ありがとう。どうぞ、入って」

「たけあき！」

リビングに入ると、武嗣が大喜びで武昭に抱きつく。

「やあ、元気かい？」

優しく尋ねながらも、武昭が武嗣の痛々しい姿に心を痛めているのがわかる。里央はうなだれ、静かに謝罪した。

「ごめんなさい、私がついていながら」

「いや、里央をひとりにさせている、俺が悪いんだ」

「それは私が決断できないからで」

「違う、俺がはっきりした態度を取っていれば」

「ふたりとも、もうやめて。武嗣が困ってるでしょう？」

祐子の声で、里央と武昭は武嗣を見た。ふたりの息子は不安そうな顔で、両親の顔を交互に見ている。

「けんか？」

「ううん、違うの。ごめんね」

「なんでもないよ。大丈夫」

里央と武昭に抱きしめられ、武嗣が落ち着いたところで祐子が言った。

「お茶を入れるから、少し話をしましょうか」

祐子が三人分の紅茶を入れ、皆で食卓に座った。武嗣は里央の腕の中で、ウトウトしている。

「ご挨拶が遅くなって、申し訳ありません。鮫島武昭と申します」

「里央の母の祐子です。こちらこそ、ご挨拶しなくてごめんなさいね。自分が決めるときまで待って欲しいって、里央から止められていたの」

「そう、だったんですか……。すみません、こんな形で突然ご挨拶することになってしまって」

ふたりの会話に割って入るように里央が言った。

「いいの、ちょうど良かったのよ」

里央は祐子を見て、武昭を見た。もう迷いはない。

武昭は離れていても、里央と武嗣に寄り添おうとしてくれている。これだけふたりを思ってくれる人と離れて暮らすなんて、あまりにも馬鹿げている。

「プロポーズを、お受けしようと思っているから」

「里央！」

武昭は祐子の前だということを、完全に忘れているようだった。

瞳にはみるみる涙が溢れ、今にも零れてしまいそうだ。その涙は武昭の内なる歓喜と幸福を、これでもかというほど雄弁に物語っている。

武昭が里央や武嗣に抱く愛が、あまりに壮大で深すぎるゆえに、言葉の代わりに涙となって結実したのだ。

「本当か？　本当なんだね？」

「はい。私ひとりじゃダメなんだって、今日わかりましたから。武嗣のためにも、武昭とふたりで力を合わせていきたいと思ったんです」

武昭が里央の手を握った。

その力強さは尊く、武昭の抑えきれない愛そのものだった。

里央が武昭の手を握り返し、お互いの気持ちを確認する。

その瞬間、ふたりの世界が形作られた気がした。これから共に歩む道が、何より美しく愛に満ちたものであると確信できたのだ。

「ありがとう、必ず幸せにする」

里央は軽く首を左右に振り、目一杯微笑んで言った。

「幸せになるんですよ、三人で。武昭が全部背負わなくていいんです。ね、武嗣」

きょとんとしていた武嗣を抱き寄せ、武昭が掠れ声でつぶやく。

「そうだ、その通りだ。皆で幸せになろう……」

武昭の瞳から、ついに涙が零れた。武嗣はその涙を不思議そうな顔で拭う。

「たけあき、かなしいの？」

「嬉しいんだよ。君のパパになれるから」

武嗣が目をパチクリさせたのは、状況がよくわかっていないからだろう。今はそれでもいい。少しずつ家族になっていけばいいのだ。

そんな三人の姿を見ていた祐子もまた、目に涙を浮かべていた。

「あなたたちなら大丈夫よ。きっと素晴らしい家族になれるわ」

里央と武昭は顔を見合わせ、深くうなずいたのだった。

# 第六章　最初で最後の男性（ひと）

鮫島家のお屋敷は、いつ来ても威圧感がある。

大きな門の前に立ち、里央は身体を固くしながら、武嗣の手を握っていた。彼にも緊張が伝わっているのか、どこかソワソワしているようだ。

「ママ、かえりたい……」

帰れるものなら里央も帰りたい。しかしそんなわけにもいかず、彼女はしゃがんで武嗣の耳元でささやく。

「大丈夫。すぐ帰れるから、ね？」

武嗣をなだめすかし、里央は立ち上がる。武昭はそんな彼女を見つめ、強い決心を滲ませて言った。

「行こうか」

「はい」

武昭がインターホンを押すと、女性の声で返答があった。しばらくすると、里央も顔見知りのお手伝いさんが門を開けてくれる。

「ようこそいらっしゃいました。美都子様が客間でお待ちです」

「わかりました」

お手伝いさんに連れられ、広大な日本庭園を抜けて、玄関に辿り着く。

客間に通された三人が待っていると、着物姿の美都子が現れた。

今日も美しい立ち姿で、しゃんと背筋を伸ばしている。

「いらっしゃい。やっと来ましたね」

美都子は微笑んでいるようにも見え、突然膝を折ったかと思うと、武嗣に向かって両腕を広げた。

「初めまして、武嗣くん。私がふたりめのばぁばですよ」

里央はギョッとして、固まってしまう。あまりにも美都子らしくない所作や言葉に戸惑ってしまったのだ。

武嗣は里央の服を掴んだまま、美都子に近づこうとはしない。初めての相手に対して、どう振る舞って良いかわからないのだろう。

「いきなりは無理ですよ。追々仲良くなっていきましょう」

武昭が楽しそうに笑い、母子の確執は消えたように感じられた。もうふたりの間には、なんのわだかまりもないのかもしれない。

「お互い、決心はついたのですね？」

ふいにいつもの美都子に戻り、武昭は深くうなずいた。

「はい。里央さんと、結婚しようと思っています」

武昭がちらりとこちらに視線を向けた。里央の緊張はぶり返すが、美都子は拍子抜けするほどあっさりと言った。

「おめでとう。お幸せにね」

「いいんですか？」

思わず尋ねた里央を、美都子が不思議そうに眺める。

「何がです」

「だって私は、とても鮫島家と釣り合うような人間では」

「構いませんよ。華絵の家柄も、決して良いとは言えませんでしたから」

「それはあくまで乳母だから、ですよね？　私が武昭さんの妻になってしまったら、家政婦が鮫島家の女主人になってしまうんですよ？」

「まぁ前代未聞でしょうね」

なんて爽やかな、胸がすくような笑顔だろう。こんな美都子は見たことがなく、里央は面食らってしまう。

「鮫島家は変わるんです。本当はもっと早く変わるべきでした。そうすれば私も直伸さんも、不幸にならずに済んだでしょうに」

遠い記憶と共に、忘れられない痛みも蘇ったのだろうか、美都子は哀しい瞳でぼんやりと虚空を見つめた。

「私には愛した人がいたんですよ。彼も私を愛してくれましたが、直伸さんとの結婚は幼い頃から決まっていましたから」

武昭が息を呑むのがわかった。

この話を聞くのは、初めてなのかもしれない。

声を掛けるのも憚られる雰囲気が美都子にはあったが、武昭は苦痛に耐えるような表情で、おもむろに尋ねる。

「政略結婚だった、ということですか？」

「有り体に言えば、そうです。本当は駆け落ちしたいくらいでしたけれど、両親を落胆させるわけにはいきませんでしたからね」

美都子はため息をついた。

わずかに口角を上げ、自嘲気味に笑う。

「これでも結婚した以上は、鮫島家に尽くそうと思っていたんですよ。もちろん跡継ぎも産んで、ね」

にもかかわらず、子どもを授からなかった。

美都子の苦しみはいかばかりだったろう。自分の存在意義は揺らぎ、なんのための結婚だったかもわからなくなったはずだ。

「華絵には、可哀想なことをしました。自分が母親だと、武昭に打ち明けられないのは、さぞ辛かったでしょうね」

「お母さんが、自分を責めることはありません」

武昭がキッパリと言った。

美都子をまっすぐ見つめ、堂々と続ける。

「皆が鮫島という家の被害者でした。僕がここで苦しみを断ち切ります。もう誰もこの家のせいで傷つく人間が出ないように」

美都子は武昭の力強い言葉に圧倒されたようだった。彼女は目尻にそっと指先を添え、震える声で言った。

「それは、頼もしいですね」

「長い間、申し訳ありませんでした。今後は僕が鮫島家の当主として、責任を果たしていきます」

「ありがとう。ようやく肩の荷が下りますよ」

安堵と喜びが美都子の顔に広がった。長い旅路が今終わったかのような、達成感に包まれている。

「ならばこの屋敷には、あなた方が住みなさい」

「え、お母さんは」

「私は近くのマンションに移るか、地元に帰ってもいいわね」

美都子がウキウキした様子で言い、武昭は困惑して言った。

「それじゃあまるで、僕達が追い出したみたいじゃないですか」

「あら、里央さんは姑と同居なんて嫌でしょう?」

急に話を振られ、里央は大慌てで手を左右に振る。

「そんなこと。私にはこんなお屋敷を切り盛りするなんて、とても」

「大丈夫よ。お手伝いさんはベテランぞろいだし、あなたもしばらくここで働いていたんだから、勝手はわかっているでしょう?」

もしかして美都子は、そこまで考え抜いていたのだろうか。相変わらずの女傑ぶりに、里央はそれ以上何も言えなくなる。

「まぁどちらにしても今すぐではありませんよ。あなた方が無事結婚して、お披露目や挨拶も済ませて、身を落ち着ける段階になってからです」

美都子の言葉に、里央も武昭も身が引きしまる。ふたりの結婚は、籍を入れて終了というわけにはいかないのだ。

武昭は彼の将来を嘱望（しょくぼう）する、たくさんの人々によって支えられている。里央や武嗣の存在を快く受け入れてもらうには、丁寧な説明が不可欠だろう。

「大変なのはこれから、ですね」

武昭は武嗣の頭を大きな手で撫で、自分に言い聞かせるようにつぶやく。美都子はそんな親子の様子を見つめながら、大きくうなずいた。

「私も手助けしますよ。里央さんも、どうかサポートしてあげてくださいね」

美都子から受け取ったバトンは重いけれど、その重責に負けてはいけない。

何より里央は、美都子のようにひとりじゃないのだ。心から信頼し尊敬する武昭が側にいてくれるし、武嗣という愛の結晶がふたりに勇気をくれる。

「はい、頑張ります」

「あなたなら、きっと大丈夫。私が認めた女性なのですからね」

美都子が温かく励ましてくれ、里央は胸が一杯になる。武嗣を奪われると恐れていたなんて、取り越し苦労も甚（はなは）だしい。

里央は美都子に申し訳なく思いながら、武昭の妻として、武嗣の母として、どんな困難も乗り越えていこうと誓ったのだった。

*

美都子から許しをもらい、結婚が現実のものとして動き出した。

忙しい武昭に代わって、様々な準備を進める必要もあり、里央は職場に退職届を出した。アットホームな職場で、武嗣のこともよく可愛がってもらっていただけに、急な退職は心苦しかったけれど、今後のことを考えると致し方なかった。

そんな中、武昭から週末は一緒に過ごさないかという誘いを受けた。

祐子が賛成してくれたこともあり、里央は武嗣とふたりで、武昭のマンションを訪問することにした。

「え、これって」

里央が驚いたのは、室内が大きく模様替えされていたからだ。

寝室にあったベッドは、ファミリータイプのマットレスになり、リビングの一角にはラグが敷かれて、キッズスペースになっている。

可愛らしい室内用テントの中には、乗り物のおもちゃや絵本、ボールなど、武嗣が喜びそうなものがたくさん置かれていた。

「うわぁ、すごーい！」

武嗣は目を輝かせ、里央の手を掴んで尋ねる。

「ね、ね、あそんでいい？」

「うん、いいよ」

「やったぁ」

飛び上がって喜んだ武嗣は、早速テントの中に入っておもちゃの車を動かす。息子の楽しそうな姿に目を細め、里央は武昭に礼を言った。

「ありがとうございます、わざわざ用意してくれたんですね」

「勝手にすまない。ふたりを驚かせたくてね」

武昭は里央に微笑みかけると、彼女の肩に手を回してソファに座らせた。彼は急に真面目な顔をして、静かに提案する。

「ここへ、引っ越してこないか？」

先日美都子から、鮫島家の屋敷に住むよう言われたばかりだ。里央はちょっと驚いて、難色を示す。

「引っ越すなら、最終的に身を落ち着けるところのほうが」

「里央の気持ちはわかるよ。二度も引っ越しになると、転園の問題があるし、費用もかかる」

「だったら」

「恐らく結婚報告前後は、身辺が騒がしくなるだろう。今のままだとお義母さんにも、ご迷惑をおかけしてしまう」

祐子への負担を言われると、里央も反対しづらい。今でさえ武嗣とふたりで、彼女のアパートに転がり込んだようなものなのだ。

「実は首相官邸に出向いて、結婚の報告をしようと思っているんだ。里央にも一緒に来て欲しいと思っている」

予想だにしない話だった。まさか自分がこの国の政治の中枢に赴くなんて、考えもしなかった。里央は動揺を隠せず、オロオロと尋ねる。

「あの、えっと、そういう仕来りなんですか?」

「いやどうせならテレビメディアを、最大限に利用したいと思ってね。情報番組の時間帯に重ねれば、全国に生中継されるだろうし」

一種の根回し、ということだろうか。自分には縁のない言葉の羅列に、里央はポカンとしたまま言った。

「まるで芸能人の、結婚会見みたいですね……」

「確かにそうだ」

武昭は苦笑しながらも、しっかりと里央の目を見て続けた。

「本当はこんな派手なやり方はしたくないんだが、里央や武嗣のことを隠し続けるのはどうしたって難しいからね。週刊誌に書き立てられ、悪意ある憶測や誹謗中傷に晒されるくらいなら、俺の言葉を正しく報じてもらいたいと思ったんだ」

きっと家族を守るための苦肉の策なのだろう。簡単に受け入れられることではないが、武昭の妻になるなら拒否はできない。

それに選挙にでもなれば、もっといろいろなことに直面するはずだ。里央もまた武昭と一緒に闘うことになるだろう。

地元での出陣式を取り仕切り、街頭演説に立ち――。

里央の頑張りが武昭の陣営を活気づけるだろうし、支持派議員やスタッフを奮い立たせていくことにもなるだろう。

この程度のことで物怖じしていたら、政治家の妻は務まらない。

「わかりました。でも一議員が、そんな私的なことのために、首相官邸を使ってもいいんですか?」

「事前に連絡して、許可は得ておくよ。今は国会も閉会中だし、現政権は少子化対策に力を入れてる。結婚や武嗣の存在は、明るいニュースとして好意的に受け取られると思う」

武嗣の名前が出たので、里央は青ざめる。

「まさか、武嗣も連れて行くつもりですか?

「いや、息子がいると話すだけだ。武嗣の顔を公表すれば、誘拐のリスクもある。そんな危険を冒すつもりはないよ」

武昭がキッパリと言い切ってくれたので、里央は安堵した。

政治家としての姿と、武嗣の父親としての姿。

武昭にはふたつの顔があり、彼はきちんと使い分けている。それぞれのテリトリーを守りながら、バランス良く最善の決断をしているのだ。

「ここならセキュリティもしっかりしているし、何かあってもふたりを守れる。お義母さんへの迷惑も、最小限に抑えられるはずだ」

里央の存在が公になれば、母親である祐子にも取材がいくかもしれない。変に隠し立てするよりは、大々的に発表するほうがかえって安全だと思ったのだろう。

武昭は里央よりも、ずっと深く物事を考えている。派手な結婚報告は、彼なりのリスクヘッジでもあるのだ。

「そこまで考えて下さっているなら、お任せします」

「ありがとう」

武昭は礼を言ってから、ゆっくりと手を伸ばした。里央の指先をそっと握り、手の甲に唇を触れさせる。

「そろそろ敬語は、やめにしないか」

ドキンと心臓が高鳴った。柔らかな吐息が皮膚を通して感じられ、里央の頬は上気してしまう。

「あ、でも、年上ですし、尊敬の表れでもあるので」

「それはわかっているが、俺はもっと里央に近づきたいんだ。言葉でも距離を感じたくない」

里央が欲しいと、武昭の眼差しが訴えかけている。その熱い視線が彼女を搦め捕り、身動きができなくなってしまう。

武昭はずっとこの時を待っていたのだろうか？

武嗣の存在や里央の迷いが、ふたりに節度ある態度を守らせてきたけれど、武昭は心の奥底で彼女を渇望していたのかもしれない。

「急には、無理、です」

訴えかけるような甘い瞳に見つめられ、里央は目を背けた。武昭と顔を合わせていると、どうしようもなく身体が火照り心が揺さぶられるのだ。

「無理じゃない」

武昭が握った手を引き寄せ、もう片方の手を里央の腰に回した。ふたりの身体が密着し、彼が耳元でささやく。

「さぁ俺の名前を呼んで」

息遣いは穏やかだけれど、火傷するほどの熱を感じる。身体の奥にともった火を、優しく燃え上がらせられるようだ。

「……武昭」

口にしてしまった瞬間、炎が揺らぐように全身が甘く疼いた。はしたなくも武昭を欲している自分に気づき、恥ずかしくなる。

「ダメ、武嗣がいるのに……」

里央は武昭の胸を押し返すが、その力はあまりに弱々しい。彼はビクともせず、彼女の首筋に唇を押しつけて言った。

「何がダメ？」

「だって、こんなこと」

「ママとパパが、仲良くしてるだけなのに？」

武昭の舌先が里央の肌をくすぐった。

里央はびくんと身体を震わせ、懇願するように言った。

「お願い、もう」

「じゃあいつならいい？　今夜？」

質問の形を取っていても、有無を言わせない迫力があった。

武昭もまた里央と同様に、気持ちを昂ぶらせているのがわかる。

「……武嗣が、眠ったあとでなら」

「わかった、約束だ」

名残惜しそうに里央の身体を離した武昭は、何事もなかったように父親の顔になり、
武嗣と共に遊び始めたのだった。

＊

里央は武嗣と入浴し、彼を寝かしつけていた。

いつもより広い浴槽とアヒルのおもちゃが武嗣をはしゃがせたせいか、彼はすぐにスヤスヤと眠ってしまった。

「武嗣は？」

静かに扉を開けて、武昭が寝室に入ってきた。

里央は振り返って微笑む。

「寝ちゃった。普段ならもっと、時間掛かるんだけど」

「さすが俺の息子だ。空気を読んでくれたのかな」

武昭は嬉しそうに言い、里央の耳元に口を寄せる。吐息が耳たぶにかかり、背徳的な予感に胸が高鳴る。

「少し、飲まないか？」

里央の強ばっていた身体が弛緩した。てっきり先ほどの続きをしようと、提案されると思っていたのだ。

「何を想像した？」

武昭は里央の気持ちを見透かすように尋ね、彼女は慌てて立ち上がる。

「わ、私は別に。いいですよ、飲みましょう」

唇に武昭の人差し指が押しつけられる。

彼はちょっと眉間に皺を寄せ、諭すように言った。

「また丁寧語になってる」

普通は逆だと思うが、気を許すと敬語になってしまう。

もうふたりは夫婦になるのだ。いつまでもこんなままじゃいけない。

「いいよ、飲もう？」

武昭は里央の頭を優しく撫で、彼女の腰に手を回した。

「じゃあ行こうか」

ふたりでリビングに行くと、ローテーブルの上にシャンパンボトルとグラスが置かれていた。

「素敵……」

感激する里央を、武昭がニコニコと見つめる。

なんだろう？　何か気づいて欲しそうな。

里央はしばらく首をかしげていたが、よくよくシャンパンボトルを見ると、ふたりの名前が刻印されていた。

「すごい、世界に一本だけのボトルなんだ」

「改めて再会を祝うなら、相応しいものを用意したかったんだよ。さ、座って。一緒に乾杯しよう」

武昭が里央の肩を抱き、ふたりは並んでソファに腰掛けた。

コルクにふきんをかぶせ、スマートに開栓した武昭は、それぞれのグラスに半分ほどシャンパンを注ぐ。

「うわぁ綺麗。黄金色に輝いてる」

武昭がグラスを取ったので、里央もグラスを持ち上げた。

「再会を祝して」

「乾杯」

ひと口飲んだ里央は、清楚な香りに包まれ、うっとりと目を閉じた。

「なんてしなやかな口当たり」

「作柄の良い年に収穫されたブドウだけを使っているんだよ。香りといい、深みといい、最高のバランスを湛えている」

「こんな美味しいシャンパン初めてです。いくらでも飲めちゃいそう」

「喜んでもらえて嬉しいけど、飲みすぎないで」

武昭はグラスを置き、まっすぐな瞳をして続ける。

「二度目は酔う前に、里央を味わいたい」

里央はまだグラスを持ったまま、赤く染まった顔を背けた。

「そんなこと、真面目に言わないで」

「言わせてくれよ。ずっと里央が欲しかったんだから」

武昭は里央の手からグラスを奪い、ローテーブルの上に置いた。彼の腕が彼女の華奢な肩を包み、彼の顔がこちらに近づいてくる。

「記憶を取り戻してから、何度も何度もあの夜を思い出してた」

吸い込まれるように清らかな瞳で、言うことじゃない。

里央は照れてしまって、両手で自らの顔を包み込む。

「もうやめて、恥ずかしくて」

「里央に触れたかった。柔らかい胸に顔を埋めたかった。抱きしめてキスしたかった。もっと深く繋がりたかった」

「武昭……っ！」

あまりに直接的な言葉を受けて、里央は顔を上げた。

武昭はただ一点、里央の瞳だけを見つめ、石のように動かない。その姿が彼の決意の表れのようで、官能的な静けさが彼女を不安にさせる。

「武、昭？」

ふいに頬に触れられた。武昭の指先が里央の髪を掬い、耳に触れる。

「よく聞いて。今夜は、我慢しないよ」

そう言い終わらないうちに、里央はソファに押し倒されていた。武昭が唇を頬や首筋、鎖骨に軽く触れさせ始める。

「ちょ待って、ここで？」

「武嗣が寝てる横でしたいのか？」

武昭がキスを続けたまま尋ね、里央はつい大きな声を出してしまう。

「違っ、そんなつもりじゃ」

「し、静かに。武嗣を起こしたくないだろう？」

「でもこんな、明るい場所で」

「俺は里央をよく見たい」

「やだ、ダメ、お願い」

恥ずかしさのあまり涙を浮かべる里央を見て、武昭は諦めたように笑う。

「仕方ないな。明かりを消して」

武昭の声に反応して、照明が落ちた。

窓の外には都会の夜景が広がっているから、真っ暗闇にはならず、かえって艶麗な雰囲気が漂う。

「暗いのも、悪くないな」

武昭は里央が着るパジャマの裾から、そっと手を差し込んだ。彼の熱い手が滑らかに腹部や腰を撫でる。

積極的で強引な言葉とは裏腹に、その手はあくまでも優しい。

里央の緊張を解きほぐし、彼女の心や身体の準備が整うのを待ってくれている。こちらの気持ちを何よりも大事にしてくれているのだ。

「ふ、ぁ」

「気持ちいい？」

「うん……」

まるでマッサージのような愛撫に、里央の身体は次第に熱く、蕩けていく。強ばりが緩み、心地よい感覚の中に漂う。

「ぁ、や、んっ」

さっきまで急がずゆっくり、里央の反応を見ていた武昭の指先が、鮮やかに彼女のパジャマを取り去った。自らも部屋着を脱ぎ、彼女の顔を覗き込む。

「この瞬間を夢見てた」

武昭の瞳は、いつしか野生の獣のように輝いていた。鋭く貪欲な光を宿し、彼の制御できない衝動がこちらの目にも見えるようだ。

瞳だけでなく身体からも肉感的な熱が放たれ、里央はその淫靡（いんび）な魅力に引き寄せられてしまう。

「私も、だよ。武昭を求めてた」

酔ってもないのに、本音が漏れる。

武昭は里央の頬を愛おしそうに撫で、泣きそうな顔で言った。

「本当に？」

「武昭と愛し合いたい。離れたくないの」

里央に同意するように、武昭は彼女に口づけをした。唇をこじ開け、彼の舌が潜り込んでくる。

「ん、ぁ」

「はぁっ、はぁ」

ふたりの荒い呼吸が、静かなリビングに響き渡る。

キスだけで昇天してしまうほど激しくて、これ以上先に進むのが怖くなる。

それなのにやめられないのだ。

頭の奥が痺れ、理性が崩れ、より深い快楽へと導かれていく。

「たけ……あき、っ」

もたらされた快感が、波紋のように広がっていく。全身が支配され、里央には制御できない。

「ぁ、や……ダメ……」

すがりつく里央を、武昭が抱きすくめる。身体が蕩けて、ふたりの境界さえ曖昧になるように感じられた。

「りおが、欲しい、もっと」

「ん……っ、あ、怖い」

「何が怖い？」

まるで自分が発情期の雌になってしまったかのようだ。全てかなぐり捨てて、貪るように武昭を求めてしまう。

「わたし、もぅ、あぁっ」

「あいしてる……り、お……っ」

武昭もまた獰猛に里央を欲し、ふたりはしっかりと手を絡ませた。

恍惚とした視線を交わしながら、ふたりは高みに昇っていく。初めての感覚の中で、里央は武昭の愛を感じ続けていた。

がむしゃらに欲望をぶつけ合いながら、深い安らぎで心が満たされ、里央は夢見ご心地のまま、幸せを噛みしめていたのだった。

*

里央は武昭と共に、首相官邸を訪れていた。

普通に生きていたら、まず足を踏み入れることのない場所で、メディアを通してしか見たことのない、首相と官房長官にそれぞれ結婚の報告をする。

何もかも現実感がなく、里央はガチガチに緊張していたが、武昭は悠然と構え、彼女を紹介してくれる。

結婚はともかく、武嗣の存在は皆を大いに驚かせた。女性スキャンダルなど一切なかった武昭が、いきなりの授かり婚なのだから無理もない。

しかし格差のあるふたりの関係を聞くと、公表の遅れを咎める者はいなかった。

武昭の誠実な人柄と巧みな弁舌もあっただろうが、鮫島一族の説得に時間が掛かったという説明に誰もが納得できたからだろう。

事故後の後遺症についてもこの段階で公にしたので、同情されこそすれ非難されるようなことはなかった。

「私事で大変恐縮ですが、このたび結婚することになりました」

官邸入り口で待機していた記者団の前に出ても、武昭は堂々と切り出した。

「首相と官房長官にも、ご報告させていただきました。おふたりからは、お祝いの言葉をいただいています」

「お相手は、一般の方ですか？」

「結婚の決め手は？」

「なれ初めは？」

カメラのフラッシュが焚かれ、質問が次々と飛ぶ中、武昭は冷静に受け答えする。

「彼女は家事代行として、私の身の回りの世話をしてくれていた方です。私が事故に遭い、事故後も記憶障害などの後遺症があったため、結婚の報告が遅れてしまったことを申し訳なく思っています」

武昭は里央に視線を向けてから、はっきりと発言した。

「実は私たちには、息子がひとりいます」

記者団からざわめきが起こるが、武昭は落ち着いたままだ。

「妊娠出産という大変な時期を、妻はひとりで乗り越えてくれました。今後は私が、彼女と息子を支えていくつもりです」

「奥様からも、ひと言お願いします」

里央が武昭を見ると、彼は優しくうなずいてくれる。彼女は報道陣に向かって、深々と頭を下げた。

「皆様には、温かく見守っていただければ幸いです」

舌鋒鋭(ぜっぽうするど)く斬り込まれるかと覚悟していたけれど、政治部記者達の質問は当たり障りないものばかりだった。武昭が上手くかわしていくので、記者達も思うように質問ができなかったのだろう。

武昭は本当に政治家に向いている。柔軟で捉えどころがなく、それでいて実際には芯が強い。

政治家である以上、戦略は必要だ。きちんと根回しをして、支持を集めることで、ようやく政策を実現していける。

この結婚報告の経緯を見れば、武昭の実力はよくわかる。将来の総理と言われるのも当然のことだ。

「あなたは政治家の妻なのですからね。今後はメディアの前に出ることも、慣れていかねばなりませんよ」

今日首相官邸に行く前に、美都子から言われたことだ。

プライベートは制限され、静かな生活は望めないだろうが、武昭は必ず守ってくれる。里央は今日それを再確認することができた。

「すまなかった。緊張しただろう？」

帰りの車の中で、武昭が謝罪した。

里央はうなずいたものの、明るく笑って答える。

「武昭の奥さんになるなら、乗り越えていかなきゃいけないことだから」

「ありがとう」

武昭はハンドルを握り、前を向いたまま続ける。

「苦労を掛けることになると思う。でも俺を信じて、ついてきて欲しい」

「はい」

迷いなく首肯（しゅこう）できるのは、武昭を信頼しているからだ。

夫として武嗣の父親としてだけでなく、この国までも任せられる。彼ならばきっとやり遂げられると思えるのだ。

保育所で預かってもらっていた武嗣を迎えに行き、自宅に戻ってテレビをつけると、ニュースは今日の結婚報告一色だった。

武昭の予想通り、どの局も好意的に報道してくれている。

「あ、ママ！　ママがいる！」

武嗣はテレビに向かって騒いでおり、里央は恥ずかしいを通り越して、なんだか不思議な気持ちになる。

「自分なのに、自分じゃないみたい……」

「そのうち慣れるよ。俺も最初はそうだった」

注目されることも仕事のうちになれば、そんな感覚にもなるのだろうか。里央は首をかしげつつ、スマートフォンを起動させて驚く。

かつての職場の上司や同僚、友人などが一斉に連絡をしてきてくれたのだ。半信半疑のものもあったが、概ね祝福の言葉で溢れている。

「やっぱりテレビの影響ってすごいんだ」

「最近はテレビ離れと言われているけど、利用時間はそう短くないからね。平均したら一日三時間程度は見られているんじゃないかな」

里央はメッセージを一通一通確認していて、ふと手を止めた。出産まで働いていた、経理部の課長からも連絡が来ていたのだ。

「どうかした？」

里央がスマートフォンを見て微笑んでいるせいか、武昭が尋ねた。彼女は彼にメッセージの文面を見せながら答える。

「以前働いていた会社の、課長からのメッセージなの。武昭の公式サイトを眺めているのを見られちゃって、あなたの推し活をしてると思われてたから」

「それが実って結婚したと、勘違いしているのか」

武昭も顔をほころばせたが、課長の名前を見て考え込む。

「この名前、どこかで」

「知ってるの？　課長は武昭と同郷で、高校の後輩だと言ってたけど」

「あぁやっぱり。覚えているよ。へぇ、彼は今、東京で働いているのか」

課長は武昭と違い、普通の生徒だったはずだ。なのに名前を覚えている。

人間は感情の動物だ。名前を覚えてもらい、声を掛けられたら、誰だって応援したくなってしまう。

きっと武昭は昔から、そうだったのだろう。名前を覚えるという、単純で地味な行為を愚直にやり続け、自分を支持してくれる人を増やしてきたのだ。

「彼には、世話になったの？」

「うん。武嗣を妊娠して、会社を退職することになったんだけど、なんとか臨月まで は働けるように取り計らってくれたの」

「そうか……。じゃあ彼も結婚披露宴に招待しよう」

武昭がにっこり笑い、里央は目を瞬かせる。

「え、いいの？」

「里央が世話になったなら、招待するに十分だよ。数千人規模の披露宴になるだろう から、気後れさせてしまうかもしれないが」

「そんなに盛大なものになるんだ」

本当に芸能人みたいで、里央こそ気後れしてしまう。

「地元の有力な支援者や、大御所政治家は全員招待するからね。今後里央もお世話に なるだろうから、きちんと紹介しておきたいんだ」

将来有望な若手政治家らしいと思うが、里央のためでもあるのだろう。

里央は伝統ある名家の出身でもなければ、財界の家系でもない。今後後ろ盾になっ てもらうことも考えて、大々的な披露宴をするのだ。

「ごめんなさい、私にはなんのコネクションもないから」

「何言ってる。謝るのは俺のほうだ」

武昭が突然里央の両肩を掴み、やりきれないような表情を浮かべる。

「結婚式や披露宴は、女性にとって大切なものなのに……。こちらの都合に合わせてもらわなければならないのは、本当に申し訳ないと思ってる」

「いえ、私は別に、結婚式にはそれほど願望がないので」

里央は本音を言ったのだが、武昭には伝わらなかったようだ。

「無理しなくていい。会場はキャパシティの問題もあるから、選択を制限されると思うが、ドレスやヘアメイクは極力希望に添うようにする」

懸命な武昭を見ていると、自然と口角が上がる。彼は不思議そうな顔で、里央に尋ねた。

「どうして笑ってるんだ？」

「嬉しいだけ。私のために必死になってくれてるのが、わかるから」

「そりゃ必死にもなるさ。愛する人には、できるだけ不自由な思いはさせたくない」

「不自由なんてないわ。武昭と一緒に暮らせることが、最高の幸せだもの」

里央は武昭の胸に顔を埋め、彼が彼女の背中に腕を回す。

「俺こそ、幸せ者だよ。こんなに素晴らしい女性を妻にできたんだからね」

武昭は里央の頤を掴み、優しくキスをしたのだった。

＊

今日は祐子と美都子が、初めて顔合わせをする。

心労をかけるだけなので、武昭の出生の秘密は伏せるつもりだが、祐子には美都子と仲良く、鮫島家と良い関係を築いて欲しいと思っている。

本当ならもっと早く場を設けたかったのだけれど、周辺が騒がしかったこともあり、ようやく落ち着いた今になってしまったのだ。

場所は鮫島のお屋敷。美都子がぜひ招待したいと申し出てくれたのだ。

「立派なお屋敷ね」

武昭が運転する車を降りた祐子は、落ち着いた声で言った。もっと驚くと思っていたので、里央は訝しむ。

「なんだか、普通の感想だね」

「そう？　最近驚くことばかりだから、このくらいだと平常心を保てるようになったのかもしれないわね」

武昭は報道各社に、祐子への取材自粛を要請してくれた。しかし何人かは自宅に押しかけ、職場にまでインタビュアーが来たこともあったらしい。

祐子の生活をかなり乱してしまったのは間違いなく、怖い思いをしたこともあっただろう。

「ごめんね、迷惑掛けて」「本当に申し訳ありません」

ふたりが同時に頭を下げ、祐子は「あら、いいのよ」と明るく言った。

「こんな経験、普通はできないもの。生徒達に話すネタもできたしね」

「たくましいですね。さすが里央さんのお母さんだと思います」

武昭が感心すると、祐子はふふふと笑った。

「ありがとう。私の人生もいろいろあったから」

祐子は若くして夫を亡くし、女手ひとつで里央を育ててきた。この程度では動じない、強靱な精神力が培(つちか)われてきたのだろう。

「今後とも、ご指導よろしくお願いします」

「こちらこそ、里央を頼みます。本当に普通の娘だから」

「いいえ。里央さんは普通以上のお嬢さんですよ」

突然門が開き、洋服姿の美都子が顔を出した。屋敷に到着した音がしたのに、なかなか入ってこないので、待ちきれずに出てきたらしい。

「一体どうなさったんです？　こんな、直接お迎えにいらっしゃるなんて」

里央が慌てると、美都子は楽しそうに微笑む。

「これまでは鮫島家の女主人として、気を張っていましたけど、もう自由にやろうと思って。どう、このワンピース素敵でしょう？」

美都子がその場でくるりと回って見せ、後ろにいるお手伝いさん達は苦笑いしている。可愛らしくはあるのだが、あまりに和装が定着しすぎていたし、急な変貌ぶりにどうしても違和感があるのだろう。

「えぇ、とってもお似合いです」

里央の答えに満足し、美都子はスタスタと歩き出す。

「さぁどうぞいらっしゃって。お茶もお菓子も用意していますからね」

まるで友達を呼んだかのようで、祐子は目をパチパチさせている。里央が話していた美都子とは、随分と様子が違うから戸惑っているのだろう。

皆が客間に座ると、すぐにお茶とお菓子が運ばれてきた。

大人には紅茶とケーキ、武嗣にはミルクとカステラが用意されている。

「ママ、おかし！　たべる！」

「うん、いただきます、してからね」

武嗣は両手を合わせ、大きな声で「いただきます」と言った。里央はボロボロと落ちるカステラの欠片を拾いながら、隣で三人の会話を聞いていた。

「改めて、初めまして。武昭の母の、美都子と申します」

「西脇祐子です。本日はよろしくお願いいたします」

深々と頭を下げた祐子に、美都子は優しく声を掛けた。

「そう固くならないで。ざっくばらんにお話ししましょう。里央さんにはとても感謝していますし、祐子さんとも仲良くさせていただきたいと思っているんですから」

「ありがとうございます」

祐子は礼を言い、躊躇いがちに続ける。

「里央は幼い頃に父親を亡くし、経済的にも決して裕福な家庭で育ったわけではありません。上流階級の世界に溶け込めるか、私としては心配なんです」

「お気持ちはよくわかりますよ。確かに出自や家柄で判断する人はいます。でもそういう人はどこにでもいるでしょう？」

美都子の言う通りだ。別に上流階級でなくても、祐子だってこれまでいろいろ言われてきただろう。

「たとえ名門のお嬢さんでも、中身が伴わなければ、陰で笑われます。里央さんは勤勉で優秀ですから、立ち居振る舞いや作法はすぐに習得できるでしょう。立派に鮫島家を切り盛りしていけると思いますよ」

同意を求めるように、美都子が武昭を見た。

「里央さんには苦労をかけますが、何があっても僕は彼女の味方です。生涯を掛けて守りますし、必ず幸せにしてみせます」

武昭は照れもせずに言い切った。

揺るぎない覚悟が感じられ、深い信頼と喜びが里央の胸に湧き上がる。

不安に思うことなんて何もない。武昭は約束を違える人ではないのだから。

「嬉しい、です。里央をそんなに評価していただいて……。頑張って育ててきて、本当によかった」

祐子が泣いていた。

いつも気丈にして、弱さを見せたことなどなかったのに。

きっと亡き父の分も、親であろうとしてくれていたのだろう。里央にとって頼りになる存在だったことこそが、祐子の負担になっていたのかもしれない。

「お母さん、大丈夫だよ。私ちゃんとやれるから、ちゃんと幸せになるから」

里央は思わず祐子に抱きつき、震える肩に腕を回した。

「うん……うん……」

祐子のつぶやきが、里央を泣かせた。

後から後から涙が溢れ、もう前が見えない。

まるで子どもの頃に戻ったように、祐子と抱き合って悦(よろこ)びの涙を流したのだった。

*

結婚式の打ち合わせの合間に、三人は武昭の地元へ挨拶回りに来ていた。

首相官邸での結婚報告は地元でも報道されており、会う人会う人に「結婚おめでとう」と祝福の言葉を掛けられる。

「いやぁ、まったくめでたい」

後援会の会長宅にお邪魔すると、三人は大いに歓迎された。

「もう跡継ぎまで誕生しているのには驚かされたが、事故もあったからね。こうして三人そろって、挨拶に来てくれるのは喜ばしい限りだよ」

これだけ祝ってもらえるのは、武昭が結婚を期待されていたからだ。

地元ではもちろん、全国を遊説中も「結婚はまだか？」と声を掛けられたらしい。関心を持ってもらえるのはありがたかっただろうが、プレッシャーもあっただろう。中には興味本位や野次馬根性で尋ねる人もいたはずだ。

複雑な家庭環境もあり、恋愛や結婚を忌避してきた武昭は、この問題に相当苦しんできた。だからこそ今、彼の表情は明るい。

「ありがとうございます。今後ともよろしくお願いいたします」

「しかしよく、マスコミにしっぽを掴ませなかったね？　水面下で段取りを踏んでいたのは知っているが、武昭君の情報管理力には脱帽するよ」

「いえいえ、皆様にご協力いただいたからですよ。僕が家内を一度こちらに連れて来たことも、記事にしないで下さいましたし」

会長はハハハと笑って答える。

「秘書とは言え、君が女性を連れて来たことはなかったからね。もしかして、なんて皆と話していたんだよ。だからそっとしておこうと」

「お心遣い痛み入ります」

武昭が頭を下げると、会長は里央のほうを向いた。満足そうな眼差しで、彼女をじっくりと見つめる。

「武昭君は素敵なお嬢さんを選んだねぇ。どうか地域住民には、積極的に声をかけてやって下さい。皆喜びますから」

「はい、わかりました」

明るくハキハキ返事をすると、会長は顔をほころばせる。

「若い人は勢いがあっていいねぇ。これからの活躍を楽しみにしているよ」

会長に肩を叩かれ、武昭は感謝の言葉を口にする。

「ありがとうございます。家族もできたことですし、政策分野を含めて、幅広く学んでいきたいと思っています」

会長宅を辞し、車に残り込んだところで武昭が尋ねた。

「どうだった?」

「歓迎してもらえてホッとしたわ。お義母さんに選んでいただいた、ラッセルレースのワンピースも好評だったし」

美都子は長年会長と親しくしている。印象の良い服装や、振る舞い方を事前にアドバイスしてもらったのだ。

里央は後部座席のチャイルドシートを振り返り、ご当地キャラクターのぬいぐるみで遊ぶ武嗣を見て微笑む。

「武嗣にも、あんなにおもちゃやお菓子をいただいてしまって」

「地方では子どもは減っているからね。会長も嬉しいんだと思うよ。若者流出は地方の大きな課題だし、今後はいろいろ対策を」

武昭が突然口を噤んだので、里央は首をかしげる。

「どうかした？」

「いや、家庭にまで政治の話を持ち込むのは良くないなと思ってね」

里央は仕事の話をされても気にしないけれど、武昭が家庭に癒やしを求めているなら、彼の望みを叶えたいと思う。

「今日はこれからお宿に行くんだよね？　武嗣も一緒だし、子どもも楽しめるところだといいな」

さりげなく話題を変えると、武昭は柔らかに微笑んでくれた。

「大丈夫、そこは考えて選んだからね」

武昭が言った通り、今回の宿にはキッズルームがあるらしかった。木製のおもちゃハウスや大型の遊具が用意され、武嗣の喜ぶ顔が目に浮かぶ。

チェックインを済ませて部屋に向かうと、室内がフルフラットになっていた。キングサイズのローベッドが置かれ、子どもが落ちてしまわないように、細やかな配慮もされている。

「すごい、子ども用便座やベビーバスまであるんだ」

里央が驚きの声を上げると、武昭がちょっと得意そうに言った。

「こちらの宿は、子どものお泊りデビューを応援しているんだよ。子連れでも安心して楽しめるよう、いろいろと工夫がされているんだ」

「ありがとう、すごく嬉しい！」

思わず武昭に飛びついてしまい、里央は恥ずかしくなって彼に背を向ける。彼は背後から彼女を抱きしめ、耳元に口を寄せてささやく。

「今日は同じ部屋に泊まれるね」

「うん……」

「本当はあの日も、一緒に泊まりたかった。部屋まで訪ねていこうかと、何度思ったことか」

寄り添う身体から、武昭の滾りが伝わってくる。彼の筋肉質な太い腕に抱きすくめられると、里央の最奥(さいおう)が密やかに疼く。

「今夜は離さない」

甘い吐息に胸を揺さぶられていると、クンと服の裾を引っ張られた。武嗣が窓の外を見ながら、訴えかける。

「おそと、いきたい」

部屋の外にはデッキテラスと、露天風呂があった。

宿泊者専用のプライベートな日本庭園が広がり、開放感溢れる中で、ゆったりと入浴することができる。

「じゃあ先に、お風呂に入ろっか」

武嗣はうなずき、武昭を見上げて尋ねる。

「パパも、いっしょ？」

武昭はしゃがんで武嗣と目線を合わせ、優しく頭を撫でて言った。

「あぁ、一緒だ」

露天風呂の湯は良質な温泉だった。檜(ひのき)の浴槽はとても良い香りがして、疲れが溶け出るようにリラックスできる。

「気持ちいい……」

「おそと、おそと」

武嗣は外でお風呂に入るということ自体に、テンションが上がっているようだ。まだ幼いから、温泉でゆっくり疲れを取る喜びは、感じられないのだろう。

「もう、でる」

武嗣が浴槽を出ようとするので、里央は慌てて止めようとする。

「こら、武嗣」

「いいよいいよ、ちょっと庭を歩こうか」

「え、その格好で？」

夏場といえ湯冷めを心配するが、武昭はにっこり笑う。

「ここは俺達だけだし、少しの時間なら大丈夫だよ。里央はそのままのんびりしてて」

武昭が風呂から出て、バスローブを羽織った。武嗣には軽くタオルを巻き、靴を履かせる。

「ママー」

武嗣がぴょんぴょん跳ねて、こちらに手を振ってくれる。

里央は手を振り返しながら、ふたりが楽しそうに庭を歩く様子を、露天風呂から眺めていた。

こんなに幸せで、良いのだろうか？

あまりに穏やかな時間に、里央は胸が熱くなる。

まだ控えているイベントは多々あるけれど、この瞬間だけは普通の、ただ仲の良い家族として過ごせることがたまらなく嬉しかった。

しばらく散歩して気が済んだのか、武嗣は大人しく再び湯に浸かってくれた。

しっかりと身体を温めたあとは、お待ちかねの夕食だ。子ども連れなこともあり、食事は部屋に用意してもらえる。

地元の自然に育まれた上質なブランド肉や、鮮度抜群の魚介類、旬の新鮮な野菜が並び、米も名水と名高い湧き水で炊かれているらしい。

武嗣には子ども向けの料理が提供され、オムライスにハンバーグ、カニクリームコロッケなど定番のメニューではあるものの、食材の品質には大人と同様に気遣いが感じられた。

「美味しい？」

満面の笑みを浮かべて、料理を頬張る武嗣を見ていると、本当に美味しいんだろうなと思う。

武嗣のペースに合わせて、ゆっくり食事を終えた頃には、彼はもう船を漕いでいた。露天風呂で騒ぎ、お腹一杯になって眠くなってしまったのだろう。

「俺が運ぶよ」

武昭が眠りこけた武嗣を抱き上げ、ベッドの上に寝かせた。

可愛らしい武嗣の寝顔を見て、里央が自然と顔がほころばせていると、武昭に身体が浮くほど強く抱きしめられる。

「ここからは、大人の時間、だよな?」

今にもベッドに倒れ込みそうな言い方だ。武嗣を起こしたくない里央は、身体をよじって武昭の顔を見上げた。

「まだ、早いよ……」

「ずっと待ってたのに?」

武昭が甘えた声を出し、里央の胸はキュンと甘く痺れる。

「だって、夕ご飯も食べたばかりだし、その、仲居さんが食事の片付けに来るから」

「そのために、寝室とは別になってる」

「そのためじゃないよ。それに気配は伝わっちゃうし」

「伝わってもいいさ」

あまりに大胆な発言に、里央は一生懸命険しい顔を作って言った。

「ダメだよ、そん、っ、ぁ」

武昭に唇を奪われた。始まりは強引だったのに、舌先は勢い任せじゃない。優しく慈しむように、口腔を愛撫するようなキスが繰り返される。

頭の奥が痺れ、武昭の口づけに翻弄される。

何もかもどうでもよくなってしまう、怖いほど蠱惑的な舌先の動き。腰が砕けて、立っているのもやっとだ。

「ぁ、や、んんぅ」

「もう少し、静かに」

武昭がそっと唇を離し、いたずらっぽく非難した。

「外に聞こえる。武嗣も起きちゃうよ？」

「じゃあやめよう？」

里央の懇願を聞いても、武昭は軽く首を横に振るだけ。浴衣の襟元から、しなやかな手を滑り込ませ、ブラの上から膨らみを包み込む。

「こらっ」

声を潜めて叱ると、武昭が含み笑いをする。

「今のいいね。めちゃくちゃ可愛い」

「もぅ怒ってるのに、なんで」

「俺、里央に怒られたいのかもな」

武昭はそう言って、笑いながら里央の浴衣の腰紐を解いた。

浴衣がハラリと開き、里央は慌てて前身頃を合わせる。

「これ以上は」

「綺麗なのに、隠さないで」

武昭は里央の鎖骨にキスをした。

柔らかい唇が触れるたび、里央の身体の中に火がともされるようだ。

じっくりと時間を掛けた口づけのあとで、武昭は里央の許しを請う。

「今夜を、楽しみにしてたんだ。思う存分、里央を独り占めできるって。だからもう焦らさないで」

里央も武昭と気持ちは同じだ。楽しみにしていた。

ギュッと縮こめていた腕の力を抜くと、着ていた浴衣がするりと足下に落ちた。

「このまま、していい？」

「立ったまま？　そんな」

恥ずかしくて下を向くが、同じベッドでは武嗣に振動が伝わってしまうかもしれない。里央が逡巡していると、その間も武昭の愛撫は続く。

「ぁ、ぃや、ダメ」

「もう我慢できない」

武昭がそっと里央をベッドに押し倒した。

ごく密やかに倒れ込んだが、武嗣が「ふ、ぁ？」と声を出す。ふたりはビクンと身体を震わせたけれど、幸いすぐにもう一度寝入ってしまったようだ。

「ごめん、静かにするから」

武昭はすっと里央の後頭部に手を回し、彼女の耳を食みながらつぶやく。

「里央もあんまり動かないで」

武昭は手早くブラのホックを外し、その膨らみに手を伸ばした。真っ白な乳房に指先がめり込み、ふっくらとした柔らかさを楽しんでいる。

「ゃ、あ」

淫靡な熱が込み上げ、里央はひどく嬲られてしまう。

武嗣のためにも声を出さないように、身体を揺らしてしまわないように。意識すればするほど、不埒な欲望が里央を甘く苦しめる。

「ん、んっ」

「敏感に、なってる？」

武昭が乳房の尖端にトンと触れた。

ほんのささやかな振動が、里央の全身を痺れさせ、恥ずかしいほど息遣いが激しくなる。

「っ、はぁ、はぁっ」

「俺はまだ何もしてないのに」

武昭はクスクス笑いながら、里央の胸元に顔を埋めた。すーっと息を吸い、ゆっくりと息を吐く。

「このままずっと、里央の香りに包まれていたい」

熱い吐息が里央の胸元をくすぐり、武昭の指先が全身を撫で回す。

焦らさないでと言いながら、里央のほうが焦らされてしまっている。

「や、もう」

「もう、何?」

「わかっ、てる、くせに」

息も絶え絶えに武昭をにらむと、彼は心の底から嬉しそうな顔をする。

「やっぱり里央の怒った顔はたまらないな。もっといじめたくなる」

まだ浴衣を着て、余裕の表情を浮かべる武昭が、なんだか憎らしい。

里央は武昭の腹部を探り、腰紐を解いた。

浴衣の胸元を開き、するりと手を差し込む。

「ちょ、里央」

「武昭ばっかり、ズルいよ」

武昭を困らせたいのに、彼の厚い胸板が手のひらに感じられ、ぞくんと甘い熱が込み上げてくる。

里央はたまらず武昭の胸に抱きついていた。

しっとりと汗ばんだふたりの上半身が、お互い吸い付くように、ぴったりと重ねられる。

「……激しくしちゃ、ダメだろ?」

「ダメ、だよ……」

武昭は里央の身体を引き剥がした。

その顔は熱に浮かされ、瞳は血走っている。

「里央のほうが、ズルい」

武昭は浴衣を脱ぎ捨てると、里央に覆いかぶさった。

情熱の赴くまま、里央を責め立てたいのだろうが、様々な制約が武昭を思いとどまらせている。

せめぎ合う武昭の姿が、その優しさが、より一層愛おしい。

周囲の静寂を守ろうと慎重な分、ふたりの心は激しく燃え上がり、気持ちが掻き立てられる。

「愛してる、里央」

ふたりの手は重なり、指はしっかりと絡み合っていた。熱い吐息が交わり、彼の抑えきれない愛情が痛いほど伝わってくる。

「生涯愛し続ける。俺には君だけだ」

里央は胸を打たれて、目尻に涙を滲ませた。

これ以上の愛の告白はない。ふたりは誰にも阻めないほど、強い絆で結ばれているのだ。

「武昭は最初で最後の男性(ひと)だよ」

もう語り合う言葉はいらなかった。

今この瞬間だけは、世界にふたりきりだった。誰にも邪魔されず、ただ深く強く愛を確かめ合う。

お互いがお互いの身体に安らぎを覚え、繋がれたふたりは永遠を感じる。

きっと出会うべくして出会ったのだろう。何もかも運命だったからこそ、こんなにも全てが愛おしいのだ。

＊

里央と武昭の結婚披露宴は、都内の老舗ホテルで行われた。

何しろ規模が大きいので、準備は本当に大変だった。ある程度はお任せすることもできたけれど、武昭の強い希望もあり何度も打ち合わせを重ねた。

タキシードやドレスはオーダーメイドし、ふたりのプロフィールブックも作成……。

武昭が忙しい合間を縫って、こだわりを形にしようとしたのは、何よりもゲストをしっかりもてなしたい一心だったのだと思う。

婚礼料理も祝宴に相応しく、縁起の良い食材ばかりを選んだ。

武昭は和洋折衷のラインナップに、地元の食材を取り入れてもらうことも忘れず、気配りのできる彼らしいなと思ったものだ。

主賓の挨拶は首相が行い、ゲストのスピーチも錚々たる面々だったが、堅苦しくならなかったのは武嗣のおかげだと思う。

ファミリーウエディングならではの、アットホームな雰囲気もあり、惜しまれながら披露宴はお開きになった。

後世まで語り継がれる盛大な結婚披露宴の後は、ホテルの最上階にあるスカイラウンジで二次会。

祐子と美都子が武嗣を預かってくれたので、ゆっくりと時間を過ごせる。

ゲストが多いため、ほとんど交流できなかった人もいたけれど、今なら落ち着いて話もできる。

周りは見知った顔ばかりで安心していると、課長に声を掛けられた。

「今日はご招待ありがとう。こんなにすごい披露宴は初めてだよ」

「課長、お久しぶりです。来て下さって嬉しいです！」

「今は次長なんだ。それにしても僕なんかが来て良かったのかな」

照れくさそうに言う彼に、武昭が親しく声を掛ける。

「家内が在職中は、随分世話になったと聞いているよ。それに高校時代、校則の見直しアンケートに、丁寧な意見を書いてくれただろう？」

「え、覚えてて下さったんですか」

彼は恐縮しつつも喜びを抑えきれず、顔全体から感情が溢れ出している。

「もちろん。俺は出身校に誇りを持っているし、同じ時期に高校生活を送った後輩なんだから、覚えていて当然だよ」

「ありがとうございます！」

高校時代の思い出話で盛り上がるふたりを見ていると、改めて武昭の人徳を感じる。どんな人をも惹きつけて止まない、類い稀な魅力を備えているのだ。

きっと武昭は、これから先もっと高みに昇るだろう。

人々の声に耳を傾け、この国の将来のために、全力を尽くしてくれる。武昭には熱意があるから、必ず国民の心を掴んでいくだろう。

里央はそんな武昭を支えていく。

これは義務なんかじゃなく、里央自身の希望でもあった。武嗣が大きく育っていくこの国を、武昭の手で良くしていくのだ。

素晴らしい夢だと思うし、二人三脚で新しい未来を作り上げていけるなんて、これほど嬉しいことはない。

「頑張ろうね」

ごく小さなささやきだったが、武昭の耳には届いていたらしい。彼はその言葉に応えるように、里央の手を強く握ったのだった。

# エピローグ

無事に披露宴を終え、三人は鮫島家の屋敷に引っ越してきた。

使用人として屋敷に通っていたから、多少勝手はわかっているつもりだったが、実際女主人になってみるとその大変さに驚く。

屋敷の清掃スケジュールや仕事内容の監督、洗濯の方法から献立の計画まで、とにかくやらねばならないことが多い。

その上里央には、議員の妻という役割もあった。

定期的にゲストを招待しては、お茶やお菓子でもてなし、洗練されたアカデミックな話題でもって楽しませる。

しばらくの間は美都子がフォローしてくれ、様々なアドバイスもしてくれたが、里央の女主人ぶりに太鼓判を押して、今朝屋敷を去ってしまった。

明日からは里央ひとりだ。

使用人達との関係は良好で、皆協力してくれると思うが、自分に務まるか少し心配もしている。

「武嗣は寝たよ」

入浴を終えて寝室に入ると、武昭が声を掛けてくれた。

今夜武昭はいつになく早めに帰宅してくれた。久しぶりに皆で食事をとり、武嗣の入浴まで買って出てくれたのだ。

里央が美都子の不在に不安を感じていると察して、気を遣ってくれたのだと思う。

「ありがとう」

里央は武昭に礼を言い、布団の傍らに座って、武嗣の寝顔を見つめる。

今は床の間のある和室に布団を敷いて、三人川の字になって寝ている。昔懐かしい昭和のスタイルだが、武嗣のためにもこれが一番だと思ったのだ。

「ここでの暮らしはどう?」

武昭に尋ねられ、里央はにっこり笑って答える。

「大変だけど、楽しいよ。皆さん親切にしてくれるし、武嗣も懐いてるし」

「ここで長く働いている人が多いからね。本当の孫みたいなものなんだと思うよ」

「武昭こそ、最近忙しそうだけど大丈夫?」

「今は国会会期中だから、仕方ないんだ」

苦笑した武昭は、申し訳なさそうに続ける。

「里央にはすまないと思ってる。結局新婚旅行もなくて」

「武嗣もいるし、どちらにしても海外は難しいよ。私は定期的に武昭の地元に行けるだけで十分。あそこが自分の故郷になっていくみたいで嬉しいの」

武昭を慮ったわけではなく、それは里央の本心だった。

緑豊かな場所に身を置くと、実際心が落ち着きリラックスできる。草木の香りや新鮮な空気が、里央を生き返らせてくれるのだ。

「そんな風に言ってもらえると、本当に嬉しいけど」

武昭が里央を背後から抱きしめ、愛おしそうに続けた。

「俺の故郷は、ここだよ。里央と武嗣の側が一番安らげる」

俺には故郷なんて、温かいものは似合わないよ――。

あの台詞はもう、過去のものだ。

武昭には最愛の家族がいる。彼もそれを実感しているのだろう。

「なんだか俺ばかり、支えてもらってる気がするよ。無理、してないか？」

身体に巻かれた腕に手を添え、里央は答えた。

「私はすごく幸せだよ」

かなりはっきりと言ったつもりだったが、武昭は里央の肩口に顔をうずめ、躊躇しながらつぶやく。

「たまに、不安になるんだ。俺は里央より年上だし、満足させられてないんじゃないかって」

武昭がそんな悩みを持っているとは知らず、里央は驚きの声を上げる。

「え、どうして？　いつもあんなに激しく」

言ってしまってから、自分が見当違いなことを口走ったと気づいた。里央は真っ赤になり、武昭はクスクス笑いながら、からかうような調子で言った。

「俺は日々の生活の話をしてたつもりだけど？」

「あ、えと、ごめんなさい、私」

恥ずかしすぎてしどろもどろになった里央に、武昭が意地悪く尋ねる。

「激しいって、なんのこと？」

「別に、なんでも」

「聞かせてよ。そっちの話も聞きたい」

武昭に可愛くねだられ、里央はどうにか言葉を紡ぐ。

「その、激しすぎるわけじゃなくて。つまり、ちょうどよくて、私は満たされてるっていうか」

一体何を言っているのだろう。

どんどん墓穴を掘っていっている気がして、嫌になる。

武昭は柔らかく微笑みながら、穏やかな声で言った。

「里央はもっとワガママになっていいんだよ？　欲しいものを尋ねても、『もうもらってる』としか言わないし」

「だって本当にそうだから」

「嘘。ふたりめ、欲しいんだろ？」

耳元のささやきに、ドキッとする。武昭は里央の耳に唇を押しつけ、甘い声でささやき続ける。

「子供服売り場で、女の子の洋服を見てたじゃないか」

「あれは、ただ可愛いなって」

「我慢するなよ。俺だって欲しいんだから」

里央は武昭の腕をギュッと握り、思い切って懸念を口にする。

「でも、来年は選挙でしょう？　身重だったら、十分なサポートができないし」

「そんなこと気にしてたのか？」

「だって私は、国会議員の奥さんだから」

武昭は里央を抱く手を緩め、彼女を布団に押し倒した。軽く唇を重ね、優しく叱るように言った。

「里央は俺の奥さんだろ。自分の妻の望みも叶えられない男が、国民の幸せを実現できるわけない」

ゆっくりと深呼吸してから、武昭はじっと里央の目を見る。

「正直に、言ってごらん？」

里央は頬が上気するのを感じながら、それでも目を逸らさず、武昭の視線をまっすぐ受け止めて答えた。

「ふたりめが、欲しい。もっと武昭と一緒にいたいの」

「よくできました」

武昭が里央の頭を撫で、いきなりパジャマのボタンを外し始める。

「今から？」

「早いほうがいいだろ？」

「そう、だね」

里央は笑い、彼女も武昭のパジャマのボタンに手を掛けた。ゆっくりと外し、彼の胸板を指先でくすぐる。

「っ、里央？」

「我慢しなくて、いいんでしょう？」

武昭は嬉しそうに里央の指先を掴み、切なげな様子でそっとくわえた。

「そうだけど、これはダメ。暴走しちゃうから」

里央は上半身を起こし、武昭の首に腕を回す。少し躊躇いはしたものの、思い切って口を開く。

「……いいよ。武昭になら、めちゃくちゃにされてみたい」

武昭がビクッと身体を震わせたのがわかった。里央がこんなに大胆になったことはないから、困惑しているのかもしれない。

「後悔しても、知らないよ？」

「するわけない。本当はちょっと、寂しかったの」

里央の本音を聞いて、武昭の噛みつくようなキスが始まった。身体をまさぐる彼の手は力強く、これまで手加減してくれていたのがわかる。

「っ、あ」

乱暴に乳房が握りしめられ、淫らに形を変えた。肩口には赤いキスの跡が残り、甘い痛みの余韻が残る。

「里央……里央……」

武昭は熱に浮かされたように、何度も名前を呼んだ。

ただ里央だけを求める雄々しい肉体は、なんて美しいのだろう。

粗暴な扱いがかえって里央を蕩けさせ、悦びが身体中を駆け巡る。全身全霊でもって、武昭の愛を受け入れていることがたまらなく嬉しいのだ。

「ん、ぁ……いして……る」

性急な突き上げも、荒々しい揺さぶりも、何もかもが愛おしい。隣で武嗣が寝ていることも忘れてしまうほど、武昭で頭が一杯になってしまう。

「っ、あぁっ、はぁ」

「……く、っ……」

「や……ん……ぁっ」

呼吸はどんどん乱れていき、武昭の激しさについていけなくなる。里央は彼にしがみつき、なんとか自分の限界を伝えた。

「武昭……、も、ダメ……」

「ごめ……止まれない」

武昭は余裕のない微笑みを浮かべ、その愛撫をやめようとはしない。

「優しく、できない……いい、か？」

尋ねてはくれても、里央の答えを待っているようではなかった。自らの猛々しさを抑えきれず、強い力で彼女を組み敷く。

「あっ……んっあぁ」

「全部くれ……っ、里央の全部が、欲しい」

武昭の愛には、まるで底がないみたいだった。次から次へと、止めどなく溢れ出してくるのだ。

「え、ぁ、いや……」

愛し尽くされるという表現が、これほど相応しい夜もなかった。空が白み始めるまで離してもらえず、里央は意識を失う寸前まで追い詰められたのだ。


「ん、ぅ？」

気づいたら部屋に朝日が差し込んでいて、武昭が里央の顔を見つめていた。

「おはよう、里央」

いつの間にか、武昭の腕に抱かれて眠ってしまったらしい。彼の愛を全身に刻まれた里央は、満たされた笑みを浮かべ「おはよう」と答えたのだった。

# あとがき

こんにちは、水十草です。

マーマレード文庫様から出版していただく作品も、六冊目になりました。いつも応援いただき、誠にありがとうございます。

今回政界を舞台にしたのは、夢のある未来を書きたかったからです。

いつもハッピーエンドをモットーにしていますが、とりわけ読後に希望を持てる作品を目指しました。

執筆に当たって政治に関連する書物を読みましたが、知らなかったことも多く、とても勉強になりました。作中でヒロインの里央が政治に無関心であったことを反省しますが、それは私自身の思いでもあります。

さて本作のヒーロー武昭は、かなり気難しく偏屈で、愛を知らない男性です。これまでの作品の中でも、トップクラスで打ち解けにくいタイプだと思います。

苦労人の里央はそんな武昭に戸惑いつつも、少しずつ心を通わせていきます。ふたりの年齢差、格差が大きいこともあって、なかなか困難な恋なのですが、障害を乗り越え、愛を深めていく様子を楽しんでいただけたら幸いです。

また、ふたりを繋ぐアイテムとして、絵本が出てきます。読者の皆様にも子どもの頃お気に入りだった絵本がありましたら、ぜひそのタイトルを想像して読んでいただけたら嬉しいです。


最後になりましたが、本作の出版にご尽力いただきました、マーマレード文庫編集部様をはじめとする、多くの関係者の皆様に感謝申し上げます。

担当編集のK様には、今回も大変お世話になりました。より良い作品にすることができましたのは、数多くのアドバイスをいただいたおかげです。

また、美麗な表紙は芦原モカ様に描いていただきました。

淡く美しい色遣いがとても素敵で、しっかりと抱き合うふたりの幸せそうな姿、愛らしい武嗣君の笑顔に胸が熱くなりました。本当にありがとうございます。

そして、ここまで読んで下さった皆様に、心より感謝いたします。

水十 草

マーマレード文庫

# 跡継ぎ不要と宣言する政界御曹司が、秘密のベビーの溺甘パパになりました

2025年4月15日　第1刷発行　定価はカバーに表示してあります

著者　水十 草　©KUSA MIZUTO 2025
発行人　鈴木幸辰
発行所　株式会社ハーパーコリンズ・ジャパン
東京都千代田区大手町1-5-1
電話　04-2951-2000（注文）
0570-008091（読者サービス係）
印刷・製本　中央精版印刷株式会社

Printed in Japan ©K.K. HarperCollins Japan 2025
ISBN-978-4-596-72943-9



m a r m a l a d e b u n k o